愛してないと云ってくれ

Kazuya Nakahara
中原一也

CHARADE BUNKO

Illustration

奈良千春

CONTENTS

愛してないと云ってくれ

CHARADE BUNKO

診療所の窓の外では、雨が激しく降っていた。空を覆う雲はぶ厚く、湿気を含んだ空気は気分を滅入《めい》らせる。年季の入った建物にエアコンなどの設備が整っているはずもなく、空気は澱《よど》んで湿ったコンクリートの匂《にお》いが漂っていた。診察室の隅では年代ものの壊れそうな扇風機が申し訳程度にかたかたと微風を送っており、まるで昭和にまで時代が遡《さかのぼ》ってしまったかのような錯覚に襲われる。

「ほら、傷口を隠さない！」

「いてて、優しく頼むよ、センセ～」

「何甘えてるんです。貸して！」

白衣を着た男は患部を必死で隠そうとする男の手を押さえ、無理やり消毒薬を塗りたくって包帯を巻いた。ケガ人を相手にしているとは思えないほど、乱暴な手つきだ。

坂下晴紀《さかしたはるき》、二十九歳。この診療所の医者である。黒縁のメガネに切れ長の奥二重。一見地味だが、なかなか整った顔立ちをした男だった。だが漆黒の髪は手櫛《てぐし》さえ入れてないような放置っぷりで、いかにも今ベッドから起きましたというような風体である。しかも、不機嫌そうな顔で自分より一回りも二回りも年上のオヤジを叱《しか》り飛ばしているのだ。

「いい歳《とし》して喧嘩《けんか》なんかしないでくださいよ。今度やったら麻酔ナシで縫いますからね」

そう軽く脅しをかけ、治療を終わらせると坂下は男に聞いた。

「支払いどうします？　金はあるんです？」

「いやぁ、実は……」

「じゃあ特診扱いで。身上書は自分で書いてくださいよ。うちは人手がないんだから」

身上書というのは、金も保険証も持たない特別診療扱いの患者が身元を証明するために、今自分が泊まっている宿や名前を記入しておく書類のことだ。

「次の患者さんは？」

「お～い、次いるか～？」

その呼びかけに、待合室の方からは「おら～ん」と返事が返ってきた。先ほどからドアの外がわいわいと賑《にぎ》わっているが、どうやら待合室の声は患者のものではないようだ。

いつものことだが。

（……ったく）

男が出ていくと、坂下は椅子《いす》の背もたれに躰《からだ》を預け、ラークの赤い箱に手を伸ばした。診察室の中でタバコを吸うなんて言語道断と普通なら怒鳴られるところだろう。

普通なら。

ここはいささか複雑な事情のある診療所なのである。一応外科となっているが、ここの患者は風邪《かぜ》だろうが水虫だろうが構わず坂下を頼ってやってくる。また、看護師の姿もなく、よく見ると坂下の白衣もシミがついていたりと何やら薄汚れている。洗濯はしているので衛生面では問題ないが、清潔感溢《あふ》れる病院というイメージはない。

だが、ここにそんなものは必要なかった。

労働者街のど真ん中に位置するこの場所は治安が悪く、指を切り落とされた男が自分の指を持って駆け込んでくるといったこともあるくらいだ。しかも患者のほとんどが日雇い労働者で保険証を持たない者も多く、しかもその半分はアルコール依存症なのである。

まさに掃きだめと言うにふさわしい場所だ。

と、その時——。

「すみませんっ。娘が大変なんです！」

診療所のドアが開く音とともに、透き通ったソプラノが診察室まで聞こえてきた。

（——ちっ）

ここでは滅多に聞けない上品な女性の声に、坂下は急いでタバコを揉《も》み消して椅子から立ち上がった。ドアを開けると、待合室にはオヤジ、オヤジ、オヤジ。いったいどこから湧《わ》いて出たのかというほどのオヤジの群れだ。痩《や》せたのやらでっぷりしたのやら筋肉隆々なのやら禿《は》げたのやら、その種類は豊富である。しかもどの男も決して人相がいいとは言えず、まるで追いはぎかヤクザのような恐ろしい顔つきをしていた。

「あ、あ、……あの」

坂下の目に、二歳くらいの子供を抱えた若い母親が後退《あとずさ》りする姿が映った。

この連中の注目を浴びて冷静でいられる女性など、そういないだろう。今日の仕事にあぶれた男どもがこぞって集まり、顔をつき合わせているのだ。特に今日のような雨の日には、その数はかなりのものになる。

猫は夜に集会を開いていつものメンバーがいるかどうか確認するというが、ここのオヤジは昼間に集まり情報収集を行う。運悪く道に迷ってこの土地に入り込み、ここに駆け込んだようだが、若い母親にこの光景は強烈だろう。

「ほら、退《ど》いた退《ど》いた！　どうしたんです」

坂下がずかずかと歩み寄ると、彼女は白衣を着た男を見て縋《すが》るような顔をした。その目に希望の光が宿る。

これではまるで『悪漢に捕まったお姫様が若くて勇敢な騎士に助けられる図』である。

「あ、あの……っ、た、助けてくださ……」

「落ち着いて。状況を話してください」

坂下の冷静な口調に彼女はハッと我に返り、子供が車の灰皿にあったタバコの吸い殻を誤って口にしてしまったと説明した。道に迷った彼女が車を降り、掲示板の住宅地図を見ている最中だったという。

「で、量は？　時間はどのくらい経《た》ってます？　何か処置はしましたか？」

「十五分ほど前です。量はわかりません。吐かせようとして水を飲ませたんですけど……なかなか吐かなくて」

「飲ませたままなんですか？」

「……ええ」

その返事に坂下は思わず舌打ちしたい気分になった。吸い殻の誤飲の場合、ニコチンの吸収を促進する恐れがあるので何も飲ませずに吐かせるのが望ましい。

「――わかりました。急いで胃を洗浄します。ほら、邪魔邪魔！　道開けて！」

坂下は子供を抱えると、待合室でたむろしているオヤジどもを蹴散《けち》らしながら診察室の中へと戻っていった。

「――ぅあちっ！」

静まり返った夜の診察室に坂下の声が響いた。カップ麺《めん》にお湯を注ごうとして指を火傷《やけど》してしまった坂下は慌てて流水で冷やした。一日を終えると、白衣を着たままこの机でカップ麺を啜《すす》るのが坂下の日課となっている。

雨は止《や》んだが夜になっても気温は下がらず、窓の外からは野良猫の鳴き声が聞こえてきた。

二階が自宅になっているが自炊などしたこともなく、ロクな食器もないためナイフ代わりにメスを使うこともある。

非常識極まりない医者だとも言えるが、きれいごとが通じない現実に日々直面していると感覚というものは麻痺《まひ》してしまうものだ。使用期限の切れた塗り薬くらい平気で使うような逞《たくま》しさがないと、ここではやっていけない。

「よぉ、先生。今日も元気に偽善事業やってたのか？」

頭上から聞き慣れた男のしゃがれ声が降ってきて、坂下は顔を上げ、うんざりした顔をした。いつの間に入ってきたのか、蛍光灯の光を背に一人の人物が立っている。

「またアナタですか」

斑目《まだらめ》幸司《こうじ》——この辺りの簡易宿泊所を転々としている日雇い労働者で、ここによく通ってくる風変わりな男だ。

格闘家のように見事に引き締まった躰と日焼けした肌、硬そうな髪の毛。彫りも深く、いかにも男盛りといった感じで無精髭《ぶしょうひげ》も魅力になってしまうような荒々しい色気がある。一部では『千人切りの幸ちゃん』なんて言われており、今年になって千人目の女を抱いたとかこれから抱くとか噂《うわさ》されている。

労働者街に住む男どもの年齢は四十～五十代が一番多いのだが、この男はせいぜい三十半ばくらいだ。それでも斑目に対しては誰《だれ》もが一目置いており、とてもただの日雇い労働者とは思えない。どこかの国の工作員か砂漠の国からやってきた盗賊の親玉か。はたまた国際指名手配中の大泥棒か。

謎《なぞ》の多い人物なのである。

坂下はできるだけこの男には深入りしないようにしている。斑目は坂下をいたく気に入っており、よくからかうのだ。愛情表現と彼は言うが、そんな愛など大迷惑である。

「なんの用です？」

「またカップ麵喰《く》ってんのか？　儲《もう》けようと思えばいくらだってできるのに、真面目《まじめ》な先生はみんなのために自分を犠牲にしてそんなもん喰ってんだからな。可愛《かわい》いもんだよ」

「自炊が面倒なだけですよ」

「ドアも窓も鍵《かぎ》をかけないでいると、女に飢えた野郎どもが先生を襲いにくるぞ」

「生憎《あいにく》俺は男なんでね」

「世間知らずはこれだから……」

そう言って斑目は近くの椅子に座り、坂下がカップ麵を食べ終わるのを見計らってポケットからタバコを取り出した。

この男はいつも『峰《みね》』なんていかにもオヤジ臭いタバコを吸っている。だが、指先がささくれた粗野な手にはそれはよく似合っており、坂下はついそこに目を奪われるのだ。

「なんだよ、先生」

「べ、別に……」

「俺がイイ男なんで見惚《みと》れたんだろ？」

「寝言は寝てからどうぞ」

そう返すが見惚れていたのは事実で、そんな自分に舌打ちしたくなる。昔から筋肉のつきにくい体質だったため、体格のいい男にはコンプレックスを刺激される。

一度、斑目が水商売ふうの女性にホテルに行こうと誘われているのを道端で見たことがあるが、この男からは異性を夢中にさせるフェロモンが滲《にじ》み出ているのだと思わされた。女のヒモをやるようなタイプではないが、やろうと思えばいくらでも女に貢がせることができるだろう。その魅力は坂下からすると少し動物的で、そんな斑目を時々羨《うらや》ましく思うことすらある。

「しかし先生は可愛いよなぁ」

まるで女を相手にしているような言い方に、坂下は眉間《みけん》に皺《しわ》を寄せた。ここに来て半年になるというのに、この男だけはいまだに坂下を世間知らずのお坊ちゃん扱いする。

「せっかく医者になったってーのに、幻滅させられた医学界に反発するようにこんなところで町医者やってるなんてな」

「勝手に決めないでくださいよ」

そう反論するが現代の医療システムに愛想が尽きたというのは本当で、何もかも見抜いている男にますます反発を覚えた。

政治家や地元の有力者が絡んだ裏取引、命の優先順位、保険点数を稼ぐための医療。あってはならないものがそこにはあった。医者の家に生まれ二人の兄も外科医だった坂下は、常に利益主義の父親や兄たちの考え方に不満を持ち、年じゅう家族と衝突ばかりしていたが、家の中だけでなく外の世界に出ても生意気な若造として疎まれた。

そして愛想を尽かす決定打が、勤めていた病院の医師が手術中に引き起こした医療ミスの隠蔽《いんぺい》だ。

父親の突然の死を不審に思った息子が病院に押しかけたのだが、なぜかその遺族とはすぐに示談が成立した。介護の必要な老人だったため、家族もこれ幸いと金を受け取って引き下がったのだ。世の中、すべて金である。

それを目の当たりにした坂下は病院を後にし、その結果、父親や二人の兄との関係は修復不可能な状態になった。唯一、坂下の父親ですら口答えができない頑固者の祖母だけがやりたいことをやれと言ってくれ、彼女が保証人になってくれたおかげで、借金をして医者がいなくなって廃墟《はいきょ》と化していたこの診療所を借りて開業することができたというわけだった。

「しゃかしたしぇんしぇ〜」

「……?」

名前を呼ばれてそちらを見ると、背の低い男が入ってくるところだった。

「おう、おっちゃん。久し振りだな」

斑目が嬉《うれ》しそうな顔をする。

「ああ、こんばんは。元気にしてました？」

「元気元気。今日はでじゃ～と持ってきた」

男はそう言って紙袋を目の前に上げると、にゃ～っと笑った。背中は前に曲がって妖怪《ようかい》のようだが、笑うと愛嬌《あいきょう》のある顔になる。

おっちゃんは斑目の親友で、この辺りで生活するホームレスだ。前歯が欠けているため『さしすせそ』の発音がままならず坂下のことをしゃかした、と発音する。坂下を自分の息子のように思っているのは同じ年頃の息子がいるからだと聞いたことがあるが、家族にはどうやら縁を切られているらしく、その件については誰も触れない。また、高額当選した宝くじを持っているだとか実は資産家だとかいう噂もある男だった。

「調子はどうです？　酒ばっか飲んでないでちゃんと働かなきゃ駄目ですよ」

「や～。しょれがな～、しゃけはなかなかやめられんな～」

「ほどほどにしないと肝臓悪くしますよ。それになんか目に黄疸《おうだん》出てないですか？」

そう言って坂下は椅子を勧めた。坂下もおっちゃんのことは大好きで、時折ふらりとやってくるこの男を父親のように慕っている。

「目ぇ開いてこっち見て。いや、もっと」

そう言うが、いつも酒を飲んでいて充血したようになっている上、おっちゃんのつぶらな瞳《ひとみ》は小さくて白目の部分がよく見えない。

「体調は？　調子悪いとかいうことは？」

「いや～、だいじょ～ぶ。元気元気」

「ならいいんですけど……」

そう言って自分の椅子に座り直すと、少し離れたところにいる男に目をやる。

「ところで斑目さん、いつまでここでくつろいでるつもりなんですか？　用がないんなら、とっとと帰ってくださいよ」

まるで親子水入らずの時間を邪魔するなというように、坂下は斑目をジロリと睨《にら》んだ。

「ケチ臭ぇこと言うなって。なぁ、おっちゃん。先生は俺には冷たいと思わねぇか？　俺は先生を愛してるのに」

フザけた口調で言う斑目を無視するが、この男はそんな細かいことは気にしない。

「それに先生、俺だって病人だぞ」

「どこがですか」

はっ、と鼻で嗤《わら》うと、斑目はキャスターつきの椅子に乗ってコロコロと部屋中を移動しながら言った。

「先生を思うと股間《こかん》が熱病にかかったみたいになるんだ。これは間違いなくマラリアだな。

マラだけにマラリ……——うぁ！」

坂下は古くて切れなくなったメスを摑《つか》み、斑目に向かって投げつけた。カッ、と音を立て、それはダーツの矢のように木のドアに突き刺さる。

「お～危ねぇ」

「くだらないこと言うなら帰ってください」

「俺の可愛い下ネタも軽く流せないなんてやっぱり初心《うぶ》だな、先生」

斑目は少しも焦った様子は見せず、ニヤリと笑ってからあっさり退散した。

何が『可愛い下ネタ』だ。

斑目に何か言われて頭に血が昇ると、坂下は決まってこのメスを投げる。換え刃をすれば使えるが、対斑目用に取ってあるのだ。

（なんであのオヤジには当たらないんだ）

不可解に思いながらも坂下はドアに深く突き刺さったメスを抜いて自分の机に戻り、それをまじまじと見つめた。

あの身のこなし。もしかしたら、あの男は忍者の生き残りなのでは——。

そんなくだらないことを考えてしまう。

「しぇんしぇ～。羊羹《ようかん》食べんの～？」

「あ、はいはい。今お茶淹《い》れますね」

思い出したように言うと先ほど沸かしたヤカンのお湯で緑茶を淹れ、そしてもらった羊羹をメスで切り分けた。

「じゃあ食べましょうか」

「しぇんしぇ〜も羊羹好きか？」

「好きですよ。それに緑茶は健康にいいんですから、どんどん飲んでくださいね」

坂下はそう言うなり、カップ酒の蓋《ふた》を開けようとしたおっちゃんの手からそれを奪い、湯飲みを渡した。するとおっちゃんは両手を伸ばして情けない声をあげる。

「ああああ〜〜〜、しぇんしぇ〜〜〜〜」

「駄目です。今日は緑茶ね、緑茶」

縋るような目で見られるが、にっこりと笑っておっちゃんの訴えを却下する。斑目相手でなくとも、案外容赦ない坂下だった。

「いや〜先生は一見地味だけど、よく見るとなかなかの色男ですよマジで。それに考え方がいつまでも純情でさぁ、ここに来て随分なるのに染まらないっつーか」

「お前もそう思うか？　それに先生はエロいよなぁ。あの顔見ると苛《いじ》めたくなる」

火曜日の昼間、斑目は若い男と並んで診療所の窓の下でタバコを吹かしていた。

このひょろひょろと痩せた青年を双葉洋一《ふたばよういち》といった。まだ二十四歳だがマグロ漁船に乗っていたこともあり、坂下などよりもずっと世間の裏を知っている。

「実はね、俺一回使わせてもらったことがあるんですよ。風邪引いて先生に診《み》てもらった時に躰触られて勃《た》っちゃったんですよねぇ。俺たちと違ってインテリさんは手がきれいだから『あの手で扱《しご》いてもらえたら』なんて」

「俺なんか毎晩だ。俺の先生は淫乱《いんらん》だぞ」

「俺は純情路線でいきました」

ヤンキーさながらにうんこ座りをして何をこそこそ話しているのかというと、夜のオカズの話である。梅雨《つゆ》が明けた途端、日差しは厳しくなったが、二人が座っているコンクリートの部分には木陰ができており、風の通らない部屋の中よりもいくぶん涼しい。

「ねぇ、斑目さん。先生ってさ、掃きだめに降りた鶴《つる》って感じじゃないッスか？」

「どこが鶴だ。あれは軍鶏《シャモ》だ、軍鶏。知ってるか？　闘鶏ってな、昔は爪《つめ》のところに剃刀《かみそり》つけて戦わせてたんだ。安易に近づくと骨までざっくりやられるぞ」

いかにも愉《たの》しそうに斑目はそう言った。

「でもな、軍鶏は喰うと旨《うま》いんだ」

イヤラシイ言い方をし、タバコを指で挟んで空に向かって煙を吐く。

「喰いたいねぇ、軍鶏」

「で？　どんな料理法で？」

「そうだな。やっぱり刺身だな。生で喰うんだよ、生で。生でずっぷり……」

「奥まで？」

「そう。生で奥まで」

二人は卑猥《ひわい》に言い、肩を震わせて笑った。

「――何やってんですか？」

冷たい声が二人の上に注がれる。

坂下は不機嫌極まりない顔で、二人を見下ろしていた。無視しようと思っていたが、結局聞き流すことができずに顔を出してしまったのだ。だが、坂下に聞かれていたと知っても斑目は慌てた様子はなく、いつまでも愉しそうにしている。

「よぉ、先生。立ち聞きか？」

聞こえるように言ってたくせに白々しい……、と坂下の目が呆《あき》れる。

「さっきから聞いてれば、何が刺身ですか。軍鶏は鍋《なべ》って決まってるでしょう」

「鍋プレイなんてあったか？」

双葉に向かって言う斑目に、いったいいつからプレイの話になったんだと眉間に皺を寄せ、坂下は一緒にタバコを吸い始めた。

「今日は仕事にありつけなかったんです？」

「ああ。まー、たまにはこんなこともあるさ。先生も今日は暇そうだなぁ」

「ええ、おかげさまで」

窓枠に肘《ひじ》をかけるようにしてだらりと腕を外に出し、咥《くわ》えタバコで空を見上げる。こってりと濃いクリームのような入道雲が青空にぽっかりと浮かんでいた。明日から八月だ。

（あ～、もうすっかり夏だなぁ）

呑気《のんき》にあくびをしながらぼんやりと思う。

ここの生活は気ままで、あくせく働いていた頃とは時間の流れ方が違った。ここの連中の中には金を貯《た》め込んでいても自由が好きでその生活を続けている者や、週末だけホームレスをやる資産家もいると聞いたことがあるが、その気持ちはわからないでもない。

失業や借金、差別や偏見などにより過去の自分を捨てなければならず流れてくる人間を抱えているのも確かだが、そんな社会的病理と背中合わせのように楽天的な一面も持つのがこの街の特徴だった。

「先生。今晩軍鶏鍋食いに行こうか？」

「嫌ですよ。真夏に鍋なんて冗談じゃない」

「俺とのデートは愉しいぞ。ベッドでもばっちり可愛がってやるし」

「あーそーですか」

まともに相手をするだけ無駄だと思い、適当な返事でさらりと流す。こんなに暑いと怒る気力も失《う》せるというものだ。

と、その時――。

「先生っ！」

「！」

振り返ると、おっちゃんが男に抱えられて入ってくるところだった。青ざめたその表情に坂下はすぐさまタバコを揉み消し、手を洗って男に事情を聞いた。

「どうしたんです？」

「いや、それが腹が痛いって苦しみ出して」

「そこに下ろして」

おっちゃんを診察台に寝かせて脈を測り、呼吸を診るためボタンを外す。そして腹部が少し腫《は》れ上がっているのに気づき、慌てて目の黄疸を確認した。斑目と双葉が窓を飛び越えて中に入ってきて、坂下の肩越しにその様子を心配そうに覗《のぞ》き込む。

「大丈夫？　おっちゃん、いつからお腹《なか》が腫れてるんですか？」

「ん～、ずっとかなぁ。ず～っと」

「なんで早く言わなかったんですか！」

「だってしぇんしぇーに心配かけるから」

「あのねぇ、俺は医者なんですよ」

「保険証もないしぃ〜」

笑いながら放たれた台詞《せりふ》が胸に刺さる。

医者にかかりたくてもかかれない。これが労働者街の現実の一つだった。ちょっとした病気やケガならこの診療所で十分だが、大きな検査や手術となると設備の整った病院でなければ無理だ。

「しぇんしぇ〜、黙っててすまんかったねぇ。しぇんしぇ〜が笑うとな、息子としゃべっとう気がして言い出しぇんかった〜」

痛みに脂汗を滲ませながらも、必死で笑顔を見せようとしている。それが切ない。

「いいんですよ。血液検査しますから血を採りますね。あと尿検査もしたいんだけど、今おしっこ出ます?」

そう聞くとおっちゃんは黙って診察ベッドから起き上がり、尿検査用の紙コップを受け取ってからよろよろと便所へ向かう。

「おっちゃん大丈夫なの?」

双葉がその背中を見送りながら心配そうに言った。この男もおっちゃんのことが大好きなのだ。よく一緒に酒饅頭《さかまんじゆう》を食べている。

「ああ、そう心配することはないよ」

そう言ったが斑目と目が合い、坂下は自分の嘘《うそ》が見抜かれているようで気まずかった。

多くの人生経験を重ねた男の前では、こんな若造が言った嘘などなんの意味もないのだと思わされた。特に斑目は、普通の人間が持たない眼光を持っている。その視線に晒《さら》されると、食物連鎖の頂点に君臨する者の前に立たされた獲物になった気がする。決して抗《あらが》えない自然の法則を見せつけられた気になり、自分は到底敵《かな》わないと思わされるのだ。

そして案の定、血液検査の結果が出る頃、斑目は誰もいない時を見計らったかのように診療所へとやってきた。

「よぉ、先生」

「……斑目さん」

待合室でぼんやりとしていた坂下は、真剣な表情の斑目を見て自分がこの男が来るのを無意識に待っていたことを悟った。斑目が隣に座ると、二人してタバコを吸う。

蒸し暑く、静かな夜だ。

「おっちゃんの病名、本当はなんだ?」

単刀直入すぎて、嘘をつく気力も湧かなかった。こうも簡単に見抜かれたのは自分の未熟さのせいだと、嗤わずにはいられない。

「精密検査をしたわけではないですから……でも肝硬変は間違いないと思います。このまま放置すると肝臓癌《がん》になりかねません」

タバコをゆっくりと灰にしながら、溜《た》め息《いき》混じりにそう言う。

検査の結果、血液中のγ《ガンマ》‐GTP値が高く、GOP、GPT値にも問題があることが認められた。これはアルコールの影響などによる肝機能障害があることを示しており、またアルコール性肝硬変から肝臓癌になるケースは多く、おっちゃんにはその条件が揃《そろ》っていた。腹水がたまっていたことから見ると、症状はかなり悪化していると言える。

「黄疸が出てるかもしれないってこと気づいてたのに、なんであの時もっとちゃんと気をつけてやらなかったんだ」

坂下はタバコを指で挟んだまま前屈《まえかが》みになり、深く項垂《うなだ》れた。

保険証も持たない、頼れる家族もいない、治療をしても支払うアテもない人間をどの病院が受け入れてくれるだろう。ここにあるのは酒に溺《おぼ》れ、道端で野垂れ死んでいくような連中の現実ばかりだ。そんな人たちを自分の力でなんとか助けたいなんて思い上がっているつもりもなかったが、やはり平気でいられるほどこの状況に慣れてもいない。

「大丈夫か、先生」

「……？　何がです？」

「自分のせいだって顔してるからな」

「別に……」

自分の気持ちをすべて見透かされているようで、坂下は少しバツが悪くなった。いつもフざけたことを言っているが、見るべきところは見ているもんなんだとその鋭い観察眼に感心し、同時にそれを厄介だと思う。

まだどうせセンチメンタルな甘ちゃんだと思われただろうと、つい無防備に自分を晒してしまったことを後悔する。

「先生、そう自分を責めるな。俺だって気づいてなかったんだ」

「でも、俺は医者ですよ?」

「本人が何も言わないんじゃあ医者だって気づきようがないだろう。専門が違えば見落とすこともある。医者は神様じゃないんだからな」

「わかったようなこと言わないでください」

つい嫌な言い方をしてしまい、坂下はすぐに「すみません」と謝った。誰かに当たりたくなる坂下の気持ちをわかってか、斑目は「いいさ」と言い、こう続けた。

「おっちゃんは先生に心配かけたくなかったんだよ。息子みたいだって言ってただろ?」

「……そうですね」

不甲斐《ふがい》なくて溜め息しか出なかった。自分には心を開いてくれていたと思っていたのに、なぜこんなになるまで黙っていたんだと思わずにはいられない。

「先生、そう落ち込むな。ここではよくある話なんだよ。病院に行く金があるならタバコや酒を買うって連中ばっかなんだ。自分でそういう人生を選んだんだ。早い時期に病気が判明していたとしても、素直に病院に通って治療するとも思えないしな」

隣に座っているため肩同士が触れ合い、そこに感じる体温に少しだけ心が落ち着けられた。

そして、斑目の存在に慰められていることに気づく。

「俺に伝説の外科医になれるような腕があれば、ここでいくらでも手術するのに」

思わずそう呟《つぶや》くと、斑目は呆れて言った。

「ブラックジャックか？　あれはマンガだ」

「でも、実際にそういう人がいたって話はあるんですよ。腕を磨くようハッパをかけるために作られた話だったかもしれないですけど、その人に憧《あこが》れてた時期もあって……」

変なことを口走ったと自分を嗤うが、斑目は馬鹿にした様子はない。

「先生。あんたは一生懸命やってるよ」

「はは……。アナタに慰められるなんてね」

そう言いながらも、坂下は今晩一人でなかったことを心底ありがたいと思った。


「おっちゃんの家族を捜す!?」

双葉の素《す》っ頓狂《とんきょう》な声が、診察室に響いた。

　まだ午後の三時だというのにすでに路上は酔っぱらいで溢れており、待合室も賑やかだ。日雇いの仕事は時間給もあれば、最初に決められた一定の仕事さえ終わらせれば帰っていいというものもある。ゲンキンなもので後者の場合、仕事の効率はぐんと上がる。

　一日の仕事を終えた男たちの声を聞きながら、坂下は「信じられない」という顔で自分を見る双葉を真剣な目で見つめ返した。斑目はその隣で呆れたような顔をしている。

「どうせ甘ちゃんって言うんでしょう？」

　その視線の意味するところを知る坂下は、斑目の方を見てそう言った。

　結局、おっちゃんは病院には行こうとはせず、今も路上生活を続けていた。治療するのが一番だが、本人にその意思がなければ無理やり引っ張っていくことはできない。何度も説得してみたが、酒をやめるくらいなら野垂れ死んだ方がいいなどと言うのだ。だが医者として放っておけるはずもなく、息子の顔を見れば思い直すかもしれないなんて自分でも呆れるほど単純な結論を出したのだった。

「やめとけやめとけ。そんなのは余計なお世話なんだよ。ここの現実を知ってるだろ？」

「でも、家族なんですよ？　どんな事情があっても、病気のことを聞いたら……」

　双葉を見ると、斑目を一瞥《いちべつ》してから少し遠慮がちに言う。

「まぁ、俺はいいですけど。先生にはいつも世話になってるし。でもどうやって？」

「行きつけの角《かく》打《う》ち（立ち飲み屋）の客に当たってくれないか？　酒の勢いで何かしゃべってるか

もしれないし、俺は治療に来た人に聞いてみるから」

「了解。先生の気が済むまでつき合うよ」

双葉は斑目を少し気にしながらも、そう言って踵《きびす》を返した。軽快な足取りで消えたその背中を見送り、何か言いたげな斑目を見る。

「なんで他人のために必死になるんだ？」

「別に必死になんか……」

「そうか？　知ってるぞ。裏で悪いことしてるだろ？　見つかったらヤバいようなこと」

耳元で囁《ささや》かれ、坂下は背中がぞくりとなるのを感じた。それは斑目の唇がわずかに耳朶《じだ》に触れたからなのか、それとも隠していたことを当然のように言い当てられたからなのかよくわからない。

すぐ近くから自分を見下ろす男を睨むと、斑目はゆっくりと一歩前に足を踏み出した。ついい後ろに下がってしまい、また一歩、斑目が前に出ることを許す。そしてもう一歩。

背中が壁に当たり、これ以上後ろに下がれなくなるが目だけは逸《そ》らさなかった。

「自分が何やってんのかわかってんのか？　世間知らずのお坊ちゃん先生」

「…………」

斑目は女を品定めするかのように坂下の顎《あご》に手をかけ、その顔を眺める。

「普通に稼いでやっていけるような状態じゃないだろ、この診療所は。手配師にはヤクザも多いしな。治療代を水増しして払う代わりに警察には通報するなと脅しをかけられるなんて、よくある話だ」

手配師とは、公的機関を通さずに労働力を売り買いする際の仲介役のことだ。もちろんヤクザが絡んでいることも多く、リスクも大きい。そんな連中がウロウロしているのがこの労働者街だ。そして斑目の言う通り、この診療所の経済状態がよくないことを見越して、その筋の人間がやってきたことがある。

「……一回だけですよ」

本当は二回だった。腹に刺し傷を作った男と、日本刀で二の腕を切られた男をカルテを書かずに治療した。この診療所には金が必要だった。だからやった。

保証人になってくれた祖母に心配をかけないためにも、開業費用の返済はただの一度も滞らせてはならない。

「とにかく、協力してくれないのは勝手ですけど、口は挟まないでください」

顎にかけられた手を邪険に退《の》けながら、坂下は冷たくそう言った。

「まぁ、やりたいなら勝手にすればいい」

「ええ、勝手にしますよ」

「あんまりがんばらないことだ」

そう言い、斑目はあっさりと診察室を後にする。ほんの少しとは言え、あの男が協力してくれるのではないかと期待していた自分を馬鹿だと思った。数日前に慰められたことが、坂下にそんな期待を抱かせたのだ。ちょっと親切にしてもらったくらいで心を許してしまう世間知らずだと思うと、恥ずかしい。

坂下は唇をきつく噛《か》みながら、もう何度唱えたか知れない台詞を心の中で言い放った。

(どうせ俺は、甘ちゃんですよ)

八月も中旬になると、連日殺人的な暑さが続いた。その日も朝から太陽の勢いは凄《すさ》まじく、待合室では順番待ちの患者が自分が先に並んでいたと喧嘩をおっぱじめている。

街には蝉《せみ》の声が溢れ、まるで生き急ぐかのようなその姿におっちゃんの寿命が尽きる日が刻一刻と迫っているような気になった。

「ねぇ、やっぱりちゃんと検査しよう?」

診察台の上に寝かせて聴診器を当てながら、坂下はそう言った。おっちゃんが腹痛を訴えてから二週間。肝機能障害による倦怠《けんたい》感のせいか座っているのも辛《つら》そうで、それを見ているだけでも切なくなる。

そしてその時、診察室のドアが開いたかと思うと、痺《しび》れを切らした男が入ってきた。

「先生、まだかよ！　大体このじーさんがなんでこんなに時間喰ってんだ？」

男はそう怒鳴るなり、おっちゃんの腕を摑んだ。細い躰はそれだけでいとも簡単に診察台から引きずり下ろされてしまい、その乱暴なやり方に坂下は思わずブチ切れてしまう。

「何をするんですか！　おとなしく待ってられないなら診ませんからね！」

ゴッ、と男にゲンコツを喰らわし、首根っ子を摑んで外へ連れ出した。

「なんだよ、このクソ医者が！」

「あー、クソ医者で悪かったですね。でもクソ患者にはクソ医者がお似合いでしょう！」

ぽーん、と猫の子でも扱うかのように待合室に放り出すとバタンと閉める。

（ったく……）

眉間に皺を寄せながらメガネの位置を正すと踵を返しておっちゃんを助け起こし、もう一度説得にかかる。

「大丈夫でした？　それでさっきの話だけど、検査は痛くないんだから……」

「でもな～、病院行くとしゃけ飲めんしぃ」

「もう、お酒は駄目って言ったでしょ」

「入院しゅるとしぇんしぇ～にも会えんし」

思わずホロリときそうな台詞に、坂下は困り果てた。慕ってくれるのは嬉しいが、明らかにおっちゃんの体調は日に日に悪くなっているのだ。このままでは肝癌はもとより、肝臓への血液循環ができないことによる食道静脈瘤《じょうみゃくりゅう》や、肝臓で処理しきれなくなった老廃物やアンモニアなどの有害物質が血管を通り躰じゅうに回って起こる肝性脳症などの合併症を引き起こす恐れもある。

「じゃあ、毎日来てくださいね。おっちゃんの顔を見ないと心配だから」

医者としての命令というより坂下個人のお願いとしてそれを提示すると、おっちゃんは照れ臭そうににっこりと笑った。念を押すと、指切りまでしてくれ、ひとまず安心して今日はそのまま帰す。

「先生」

「……？」

次の患者を呼ぼうとした時そう呼ばれ、窓から双葉が顔を出しているのに気づいた。

「あ、双葉さん。何かわかりました？」

「うん、それが……」

双葉は、明らかに回りを気にしているようだった。その態度に何かあったのだろうかと、にわかに不安を感じながらも、耳を貸すよう合図されて立ち上がる。

「先生、実はね。斑目さんがおっちゃんの家族の居場所を知ってるって話が……」

「斑目さんが？」

そう聞くと双葉は黙って頷《うなず》いた。さらに詳しく聞くと斑目は一度会ったこともあるらしく、しかもそれは半年ほど前だというのだ。

（なんで黙ってるんだ……？）

忘れていたなんてことはあり得ないと、いつも自分をからかって遊ぶ斑目の顔を思い出し、無意識に爪を噛んだ。

謎多き男は、その思考もまったく謎だ。

「ありがとう。あとは俺がなんとかします」

気になることではあったが、これ以上患者を待たせるわけにはいかないと坂下は双葉に礼を言い、診察を続けることにした。次の患者を呼ぶとドアが開き、先ほど坂下をクソ医者呼ばわりした男が遠慮がちに入ってくる。

「先生。さっきは悪かったな」

男はペコリと頭を下げて椅子に座った。気が短いが冷めるのも早い。そして案外礼儀正しいところもあるのが、この街の男たちの特徴だった。

「いえ、俺こそ殴ってすみませんでしたね。ちょっと気が立ってたものですから」

「先生は可愛い顔しておっかないからなぁ」

「で、ケガの具合はどうです？　先週切って膿《うみ》は出したから、あとは傷が塞《ふさ》がって爪が伸びるのを待つだけですが」

そう言って足を出させると、包帯は黒く汚れ、血の混じった膿が滲んでいた。これでは治るものも治らない。なんで言うことを聞かないんだ……、と深い溜め息を漏らす。

「まだ痛いんだよ。本当に治るのか？」

「ちゃんと清潔にしていればね。特に足は汚れやすいから気をつけないと。足の親指を切り落とすことになったら大変ですよ」

　坂下は包帯を取り、足首から下を洗い流してやった。そしてきれいになったところで患部を消毒し、再度傷の状態を確認する。

「もう、清潔にしろって言ったのに」

「……すいやせん」

「膿を出すから、ちょっと痛いですよ」

　なんの躊躇《ちゅうちょ》もなく汚れた自分の足を触る若い医者を見て、男はすまなそうな、そして恥ずかしそうな顔をした。

「なんです？」

「いや……先生。汚いのに悪いねぇ」

「いいんですよ。俺は医者なんだから」

「先生はナイチンゲールみたいだな」

「ナイチンゲールは女性です」

「いや、だから男版のさ。天使みたいだよ」

天使という言葉が出てきたことが坂下には理解できず眉間に皺を寄せたが、男は少し頬《ほお》を赤らめて「へへへ……」と笑った。

「先生が俺を呼び出すなんてめずらしいな」

その日の遅い時間、斑目は一人で診療所にやってきた。「飲むか？」と酒を出されるが坂下はそれを無視し、白衣のポケットに手を入れたまま単刀直入に聞く。

「なんで黙ってたんです？」

そう言うと、斑目はすでにわかっていたようで少しも表情を変えなかった。

「協力しないのは勝手だって言っただろ？」

「知ってるんなら教えてくれたっていいじゃないですか！　どうして……っ」

「──家族に連絡しても無駄だからだよ」

遮るように言われ、坂下は思わず黙りこくった。怒りたいのは自分なのにと、不機嫌そうな顔をしている男をじっと睨む。

「なぁ、先生みたいなインテリに何ができるんだ？　確かにあんたはよくやってるが、所詮《しょせん》、丘の上から下界を眺めてるだけだ」

「……どういうことです？」

「先生のやろうとしてることは、着飾った金持ちの奥さんが小切手持って『寄付します』って言うのと同じだと言ってるんだ。ま、俺たちにはそんな金もありがたいけどな」

斑目はタバコに火をつけ、煙をゆっくりと吐きながら坂下を見下ろした。よそ者を見るような目に、坂下は自分がまだこの男に認められていないのだと言われているような気がしてならなかった。蒸し暑い空気は肌にまとわりつくようで、少し息苦しい。

それにじっと耐えていると、半分ほど吸ったところでようやく斑目が口を開いた。

「もし、一晩俺の相手をしてくれるんなら連絡先を教えてやると言ったらどうする？」

「……え？」

「自分をそこまで犠牲にする覚悟はあるのかと聞いてんだ。俺たちのところまで降りてこられるのか？　そんな度胸はねーだろう？　だったらお節介はほどほどにするんだな。できる範囲の親切で満足しておけ」

斑目の言わんとすることは、なんとなくわかった。同じところに立たないと、相手の本当の気持ちなどわかりっこない。上からものを言うようにただ理想論を振りかざすだけなら、誰にだってできる。

自分は誰かのために働いていることに酔っているだけなのかもしれない——そんな気分にすらなってきて、おっちゃんが体調が悪いことを隠していたのもそのせいだと思えてきた。

「一晩あなたの相手をすれば、教えてくれるっていうんですか?」

「たとえばの話だよ」

「でもそんなたとえ話をするくらいなんだから、まんざら嘘でもないんでしょう?」

「無理すんな。後で泣いても知らねーぞ」

「無理なんかしてませんよ」

坂下はそう言ったが相手にするつもりがないのか、斑目は踵を返した。それが悔しくて、ドアへ向かった男の背中を見ながら少し小馬鹿にしたように言ってやる。

「——逃げるんですか?」

「!」

「自分で言っておきながら男を抱くのが怖くなったんですか? 案外情けないんですね」

「なんだと」

振り返った斑目は、明らかにムッとした顔をしていた。その鋭い眼光は、猛禽《もうきん》類を連想させ、坂下の足を竦《すく》ませる。

「そんなことを言っていいのか? 俺は男には優しくないぞ」

「望むところですよ」

緊迫した空気の中で、二人は睨み合う。

斑目が足を踏み出すのを見ながら、坂下は自分はなんて馬鹿なんだろうと思った。何もわざわざこんな挑発をしなくても、探せば他《ほか》に手はあるかもしれないというのに。

「覚悟さえ見せれば、俺が何もせずにすんなり教えてやるとでも思ってんのか？」

「………………」

「俺はそんなにお人好《ひとよ》しじゃねぇぞ」

その目の鋭さに、思わず唾《つば》を呑《の》んだ。いきなり顎を摑まれ、壁に押さえつけられる。

「……っ！」

「ここがどんなところか、まだわかってないみたいだな、先生」

そう言われたかと思うと、唇を塞がれる。

「──んっ」

思わず目を閉じ、歯列を割って入り込んでくる舌を受け入れた。こんな乱暴なキスなどされたことがなく、どうやって息をしていいのかわからずによろよろと後退る。

（斑目さん……っ）

ガシャン、と音を立て、側《そば》にあった器具が床に散乱した。

「んっ、……ぁ、……ぅん……」

乱暴な口づけはまるで容赦がなかった。ひとしきり貪《むさぼ》られ、斑目という男を嫌というほど感じさせられる。

「へぇ、案外色っぽい顔するんだな。やめたいなら今のうちだぞ」

「誰、が……、そんなこと」

「先生、男に抱かれるってことはな、あそこでセックスするってことなんだよ」

「わ、わかってますよ……、――ぁ……っ」

白衣の中に手を入れられ、膝《ひざ》を割られて首筋に顔を埋められた。剃《そ》り残された髭が少し痛いが、ズボンの上から膝の内側を愛撫《あいぶ》されてぞくりとしてしまい、これが斑目という男の抱き方なのだと痛感させられる。

「こんなに怯《おび》えてて、大丈夫なのか?」

「怯えて、なんか……」

「でも震えてる」

斑目はそう揶揄《やゆ》し、坂下のメガネをそっと奪った。そのゆっくりとした動作にこれからされることを想像させられ、恐怖が走る。

「斑目さんこそ……っ、どうして、そう何度も、確認するんですか。俺に、気を遣うなんて、変じゃ……っ」

「なんだと?」

「俺に、気を遣ってるふりして、本当は勇気がないんじゃ……、――ぁ……っ」

ワイシャツの上を這《は》い回る手が胸の突起を探り当て、そこを執拗《しつよう》に嬲《なぶ》る。躰がびくびくと反応し、体温が上がっていくのが自分でもわかった。

目許《めもと》を染めながら男の愛撫に耐えるその姿は扇情的で、斑目を煽《あお》る。

「ぁ……っ！　……っく」

首筋を噛まれて痛みに顔をしかめるが、背中がぞくりとして中心が熱を持った。これが愛撫なのかというほど乱暴な扱いだが、同時にそんな荒々しさに酔い始めてもいる。

「男にしとくのは勿体《もったい》ない肌だな」

「──はぁ……っ、……っく」

唇を噛んで声を押し殺そうとするがズボンをはぎ取られ、唾液《だえき》で濡《ぬ》らした指で中を探られて息を詰める。促されるまま甘い声を出してしまい、そんな自分が恥ずかしい。

「っく、……ぁ……っ、あっ！」

苦しくてどうにかなりそうだった。

だが、斑目の指は坂下のことなどお構いなしにそこをほぐし、男を受け入れる準備をさせる。無理やり拡《ひろ》げられ、奥を探られてもどかしい疼《うず》きに下半身が征服された。

「ほら、後ろを向け」

そう言われたかと思うと、壁に手をつかされ、白衣を着たまま下着を膝まで下ろされて屹《きっ》立《りっ》をあてがわれた。ズボンが足首のところで絡まり、あられもない格好をさせられる。

「……先生」

「ぁ……っ、……っく、……ア」

耳朶に唇を押し当てられ、荒っぽい息遣いを聞かされながらじわじわと引き裂かれていった。動物じみた行為が興奮を呼び、男の欲望に晒されているのだと思わされた。

同じ男であるにもかかわらずそれを向けられるのは耐え難い屈辱だったが、同時に被虐的な気分に自分が乱されていくのに気づかされた。下だけを脱がされ、あそこをまさぐられているこの状況は、自分を女に置き換えればどこにでも転がっている浅ましい情事だ。自分の中に女の存在を感じる。

そして、斑目の指がきつく尻《しり》に喰い込んだかと思うと、奥まで一気に貫かれた。

「んぁ……っ、――ァア……っ!」

躰が壊れるかと思った。涙が滲み、膝は震え、自分の躰が自分のものではなくなる気がして怖い。だが、息をつく間もなく腰を鷲掴《わしづか》みにされ、容赦なく突き立てられた。立っているのが辛く、座り込みたくなるが、もちろん斑目はそれを許してはくれなかった。

「ぁう……っ、……っく、――アッ」

「立ってろ」

どくどくと自分の中で脈打つものは逞しく、頭の中が混乱して何もわからなくなる。

声を押し殺す余裕すらない。

「んあぁ……」

うなじに舌を這わされて甘い声をあげた。

斑目は足のつけ根に手を回し、坂下の躰を抱えるようにして無言のまま突き上げる。時折漏れるくぐもったような男の唸《うな》り声に、次第にこの行為に夢中になっていった。自分の中を蹂躙《じゅうりん》する斑目の存在にそこが疼く。

「……ぁあ……」

助けを乞《こ》うように、壁についた手に力が入る。男の手だが、指の長い坂下の手はどこか頼りなく、斑目の動きに合わせてそれがきつく握り締められたり壁を引っかいたりしているのが痛々しくすらあった。

男に貪られて苦しげに喘《あえ》ぐ坂下の声は、夜が更けるまでしばらく続いた。

静まり返った二階の畳部屋に、胡座《あぐら》をかいて座る男の姿があった。斑目である。

斑目は難しい顔でタバコを吹かし、今自分が抱いた男が死んだように眠っているのをじっと眺めていた。メガネを取った坂下の寝顔は意外に幼く、改めて自分が強姦《ごうかん》まがいのことをしたのだと深く反省させられる。

(ったく……。何やってんだ、俺は)

ほんの三十分ほど前まで斑目を支配していた興奮は、今は罪悪感となっている。

脅すだけのつもりだった。ああ言って迫れば、諦《あきら》めてくれるだろうと思っていたのだ。だが、坂下はそんなに甘い男ではなかった。

（あんな挑発しやがって……）

斑目がおっちゃんの家族の居場所を知っていながらも黙っていたのは、その家族がどんなに最低な人間か知っていたからだ。

大工として働いていたおっちゃんが屋根からの転落事故で腰を悪くして仕事を続けられないと知った途端、邪魔者扱いをして家から追い出すような人間だ。息子などは自分の父親がそう長くないと知った途端、なんとか生命保険をかけられないかと算段を始めるようなタイプだ。たとえ連絡を取ってもそんな現実を再認識させられるだけだと最初からわかっている。

この真面目な男がそれに傷つき、心を痛めるのがわかっているだけに教えたくなかった。

そっと手を伸ばし、坂下の前髪をかき分けてその顔を見る。疲れきったような顔に、どんなに無理をさせてしまったのかを見せつけられているようで、いい歳して人並みの自制心すらないのかと深く反省した。

斑目は愛《いと》しい者を見る目をしていたが、同時に憂いもあった。この男が傷つく姿を見なければならないと思うと、気が重い。

「先生、あんたが本当に傷つくのはこれからだぞ……」

頬に手をやり、親指の腹でそっと撫《な》でるとこめかみに口づける。そして斑目は複雑な表情のままその場を後にした。


それから二日後。休診日を利用して、坂下は斑目から聞いた住所を訪ねた。

斑目に抱かれた翌朝は指一本動かすことすら億劫《おっくう》だったが、そんなことを言っている暇などなく、次々とやってくる男どもを診ているうちに疲れなど忘れ、夜になる頃にはすっかり調子は戻っていた。案外タフなんだなと、我ながら驚いたほどだ。

(ここか……)

電車で二時間。ある小さな町の片隅におっちゃんの家族は住んでいた。今にも崩れそうなアパートは寂しげで、人が住んでいるという気がしなかった。日曜だというのに子供の姿もなく、蟬の声だけがやたら耳につく。

呼び鈴を押すと中で物音がし、しばらくしてようやくドアが開いた。

「なんだよ?」

部屋の中から出てきたのは、ボサボサの髪をしただらしないなりの男だった。息子は自分と同い歳と聞いていたが、どう見てもちゃんとした職についているとは思えない。

「大城武広《おおしろたけひろ》さんをご存じですね?」

おっちゃんの名前を言うと、男は「だからなんだ？」という態度で坂下を見た。

「お父さんがご病気です」

「親父《おやじ》が？」

「ええ、もう随分悪いのでご家族に連絡をと思って、こちらを訪ねてきました」

そう言うと、男は「お袋ぉ～」と部屋の中に向かって呼びかけた。しばらくすると、中から坂下二人ぶんの体重はあろうかという中年女性が出てくる。肌は白く、だらしなくたるんだ二の腕が揺れている。

「なんだい、あんた」

坂下は事情を話し、会ってくれるようと頼んでみた。家族という支えがあれば、治療しようという前向きな気持ちも出てくる。

だが、息子はすでに興味を失ったらしく途中で部屋の中へと戻っていった。女はとりあえず話は聞いているが、ただ右から左といった感じだ。

「で？　言いたいことはそれだけかい？」

話が終わると彼女はそう言い、自分の義務は終わったとばかりにドアを閉めようとした。慌てて手でそれを押さえるが、まるで押し売りのセールスマンでも見るかのように迷惑そうな顔をする。

「何すんだい！」

「あのねぇ、一刻を争うんですよ。もう時間がないんです。このままだと……」

「ふん、あんな男が死んだって関係ないね。遺産でもあるなら別だけど？」

「……え」

「遺産よ遺産。あるのかい？」

「……、……いえ。それは……」

「ないんならとっとと帰んな！」

バタン、とすごい音を立てて目の前でそれが閉まると、坂下は呆然《ぼうぜん》と立ち尽くした。そしてしばらくすると我に返り、もう一度ドアを叩《たた》いて家族を呼ぼうと試みる。

「あ、あのねぇ！　あなたたちには人間らしい感情ってもんが……っ」

そう叫ぶが、中からはなんの反応もなく、それがおっちゃんに対する無関心さを表しているようでますます悔しさが込み上げる。どうしようもなくて半ば意地になってドアを叩いていた坂下だったが、いきなり後ろから手首を摑まれて動きを制された。

「……っ！　斑目さん……っ」

振り返った坂下は、自分の目を疑った。

どうしてこんなところに……、と呆然としていると斑目は静かに言う。

「もうその辺でやめとけ、先生」

悟ったような目に、坂下はどんな言葉をかけられるよりもこれが現実なのだと思い知らされた。どんなにわめこうが、変わらない事実なのだと……。

「……なんで」

「言ったろ？　無駄だって」

あっさりと言われ、こんな姿を見られているのが急に恥ずかしくなった。そして、平然と構えている斑目に反発を覚える。

「どうしてそんなに冷静でいられるんですか！」

「……先生」

「こうなるってわかってて……俺を笑いに来たんですか？　そうなんでしょう？」

「何馬鹿なこと言ってんだ」

「笑ったらいいじゃないですか！」

思ってもないことを口にしてしまい、自分はなんて嫌な人間だと思った。誰かを悪者にせずにはいられないなんてと、ますます自己嫌悪に陥る。だが、わかっていてもやめることができない。

「どうせ俺は世の中のことなんてわかってないですよ。あなたもそう思ってるんでしょ」

「ああ、そうだな」

「理想ばかりが高い甘ちゃんだって……っ」

「その通りだ」

「あなたの忠告を無視して無駄なことばかりして……馬鹿な奴だって」

「ああ、そうだよ」

すべてあっさりと肯定され、悔しさと情けなさでいっぱいになった。言いたいことをすべて言い尽くすと、斑目は「もう満足したか?」という顔をし、最後にこう言う。

「でも、それが悪いとは言ってない」

「……っ!」

「俺はそういう奴は嫌いじゃないぞ、先生」

真面目な顔で言われ、坂下はようやく落ち着きを取り戻した。「帰るぞ」と促されて素直に応じたのは、子供のダダにつき合うように相手をしてくれた斑目の優しさがわかったからだ。どうしてそんなふうにできるのかと、自分よりもはるかに大人な男に人としての器の違いを見せつけられた気がする。

帰りの電車の中で二人は一言もしゃべらなかったが、不思議と居心地《いごこち》は悪くなかった。無言で弁当を食べ、電車に揺られるまま時を過ごした。そして診療所へ戻ると、玄関先で誰かが座って待っているのを見つける。

「……おっちゃん」

おっちゃんは手に羊羹を持っていた。その笑顔を見ると、なぜか長い旅から帰ってきたような懐かしさすら覚え、ようやく笑顔が戻った。斑目はそんな坂下の肩をそっと叩き、さりげなく立ち去る。

「しぇんしぇ～と食べようと思ってな～」

おっちゃんがめずらしく率先して緑茶を飲むと言うので、坂下はお茶を淹れると診察室の裏側に出た。太陽が一番高い時間のため日陰は少なく、日差しから隠れるように二人で壁に背中をぴったりとつけてそこに座る。

「しぇんしぇ～。これ、お礼だぁ」

「ん？　なんです？」

手渡されたのは、赤い袋のお守りだった。

安産祈願と書かれてあるのが可笑《おか》しく、どうしてお礼なんかしてくれるのかと聞くとすぐさま答えが返ってくる。

「斑目から言われたぁ。しぇんしぇ～が一生懸命やから躰大事にしろ～って」

「そうですよ、たまには俺の言うこと聞いてくださいよ。お酒もほどほどにね」

「今日は俺の家族に会いに行ったんやろ～？　無駄足になってすまんかったな～」

そう笑顔で言われ、絶句した。

おっちゃんは知っていたのだ。家族が自分を完全に見捨ててしまっているということを。

そして同時に、今日の自分の行動はそれを再認識させる以外の何ものでもなかったのだということを思い知らされた。

斑目が家族の居場所を知っていながら黙っていた意味にどうして気づかなかったんだろうと思い、坂下は自分を深く恥じる。

「しかし羊羹は旨いな〜」

座っているのも辛そうだというのに、おっちゃんはそう言いながらむしゃむしゃと羊羹を食べた。泣きそうになるのをなんとか堪《こら》え、坂下もそれを口に放り込む。

「しぇんしぇ〜は家族はおらんのか？」

「勘当同然で出てきたんで……。あ、でも祖母だけは別でいろいろ心配してくれてるんですよ。祖父が早くに亡くなって今一人だから、顔くらい見せに行きたいんですけど」

「しぇんしぇ〜のばーちゃんならべっぴんさんやろうなぁ。俺がしぇんしぇ〜のばーちゃんと結婚して家族になるか？」

「そうですねぇ、それもいいですね」

縁側で昆布茶を啜る老夫婦のように、決して居心地がいいとはいえないコンクリートの上で二人はしみじみと羊羹を食べた。真夏の暑い日に熱いお茶を啜っていると汗が滲むが、坂下はこの時間がずっと続いてくれないかと思った。だが蟬時雨《せみしぐれ》がどんなに夏の日を覆い尽くそうが、終わりというものは必ずやってくる。それが自然の摂理だ。

そして夏が終わり、秋の気配がやってくる頃、おっちゃんは路上で遺体となって発見された。

その日の夜、坂下は貰《もら》ったお守りをじっと眺めていた。遺体が発見されたという話を聞いてから半日が経っていた。これから警察によって検死が入り、事件性がないとわかれば火葬される予定だ。まだ現実味がなく「しゃかしたしぇんしぇ～」という声が聞こえてきそうな気さえし、おっちゃんが残した物を見ているとあの人懐っこい笑顔が蘇《よみがえ》ってきて、じわりと涙が滲んだ。蛍光灯の白い光が診察室を寂しげに照らしている。

それからどのくらい経っただろうか。坂下は物音に気づき、顔を上げた。

「ああ、斑目さんですか」

力なく言い、斑目に気づかれないよう涙を拭《ふ》いてまた視線を戻す。

「先生が落ち込んでると思ってな、慰めに来てやったんだよ」

「結構ですよ」

リィィ……、と外で鈴虫が鳴き、風が吹いた。季節外れの風鈴がどこかで鳴っている。

「おっちゃん、とうとう逝っちまったな」

「そうですね」

「家族に連絡したんだろう？」

「ええ、でも鼻で嗤って電話を切られましたよ。また無駄なことをしたって思ってるんでしょう?」

「ああ。無駄なことが好きな先生だなぁ」

あっさりと言われてムッとするが、一瞥しただけで相手にしないようにした。だがそれを見抜いているのか、斑目はいつものようにくだらない下ネタをおっぱじめる。

「ま、そのおかげで俺は儲けもんだったけど。結局あんたはやられ損ってわけだ」

「ええ、どーせ俺は甘ちゃんですよ」

「だけどあんな声出すなんてな。癖になりそうだよ。先生もじゃないのか?」

「なりませんよ」

「嘘つけ。俺のバズーカ砲が舐《な》めたくなったらいつでも言っていいぞ~」

「!」

あまりに下品な言い草に、坂下は思わず斑目用のメスを掴んだ。だが、それが手から離れた時には斑目はすでに身を翻していた。

カッ、と音を立て、メスはドアに刺さる。

「こんな時によくそんな冗談が言えますね」

今度は万年筆を投げたが、それも外れた。

「先生は落ち込んでるよりそっちの方が似合ってるぞ」

「ほっといてください！」

「じゃあな、腕磨いとけよ～」

そんな言葉を残して斑目が立ち去ると坂下は長い溜め息をつき、投げた物を取りにドアへと向かった。深く刺さったメスを抜き取ってまじまじと見つめ、眉間に皺を寄せる。

（くそ、なんで当たらないんだ……）

一〇〇パーセントそれを避ける斑目もすごいが、最近では刺さっても構わないと思いながら投げている坂下もある意味ですごい。いろんな意味で逞しくなっている自分に気づいているのかどうか、坂下はメスを机の引き出しに入れて「今度こそ」などととんでもないことを考える。そして沈んでいた気持ちが少しだけ紛れているのに気づき、わざとあんなふうに振る舞ってみせたのかと思った。

（まさか、そんなタイプじゃないだろ）

馬鹿馬鹿しい……、とその思いを追いやり、タバコを一本灰にする。一瞬でもそんなことを考えてしまった自分を単純だと思った。だが、おっちゃんが死んでから一週間が経った日の夜、白衣のまま散歩に出た坂下は意外な斑目の姿を目撃したのである。

「おっちゃん。先生泣いてたぞ」

「……？」

風の心地よい夜だった。

声のした方を見ると、斑目がベンチに座ってカップ酒を呷《あお》っている。ただの酔っぱらいに見えたが、その向かい側にはもう一本蓋を開けたカップ酒と羊羹が置いてあった。

(斑目さん……)

斑目は、おっちゃんと飲んでいた。死んだ人間を思い、まるで本当にそこにいるように酒を呑んでいるのだ。物陰に隠れて息を殺し、その会話に耳を澄ます。

「俺だって先生を泣かせたことはないのに、おっちゃんも罪な男だよなぁ」

斑目がどんなにその死を悲しんでいるのか、痛いほど伝わってきた。平気なふりをしているが、本当は心から悲しんでいる。

その時、坂下は気づいた。葬式でお経を聞きながら涙している人間だけが悲しんでいるというわけではないということに……。

悲しみの表現など人によって違うのだ。そして、その人なりの弔い方というのがある。

死んだ人間のために一杯の酒を飲むのが、この男のやり方だった。儲けもんだったなんて言ってからかったのはやはり自分を元気づけようとしていたのだと気づき、無骨な思いやりに複雑な気分になる。

(なんで、あんなひねくれたやり方しかできないんだ……)

坂下は少しふてくされたように心の中でそう唱えた。目許が少し赤いのは、今頃それに気づいたことが恥ずかしく、同時に斑目の優しさを嬉しく思ったからだ。そしてその反面、それでもまだ反発してしまう素直でない自分がいるのを感じてもいる。

坂下はすぐに立ち去る気になれず、白衣のポケットに手を入れたまましばらくじっとしていた。


おっちゃんが死んでからひと月が経った。

相変わらず診療所に金はない、訪れる日雇い連中は口が悪い、喧嘩はする、言うことを聞かない。悲しみに浸るいくばくかの時間も許してはくれないのかと文句を言いたくなるほどだ。だが、それがおっちゃんが流れ着き、居座り続けた街の姿だった。

（あ〜、疲れた……）

ホームレスの様子を見に出かけていた坂下は、疲れた躰を引きずるようにして診療所に戻ってきた。いつも行くわけではないが、余裕がある時は散歩がてら見て回り、必要がありそうな人を診療所に来るよう誘うのだ。

買ってきた夜食を手に二階に上がり、坂下は手探りで部屋の明かりをつけた。そして、目の前に広がる光景に息を呑む。

「！」

部屋が荒らされていた。ありとあらゆるものが床に散乱しており、枕《まくら》や布団《ふとん》は切り刻まれて中の綿が飛び出している。尋常ではないその様子に呆然と立ち尽くしていたが、背後に人の気配を感じて振り返る。

「……っ、——ぅぐ……っ！」

頬を殴られ、坂下の躰は部屋の隅まで転がった。顔を上げると、仁王立ちする目出し帽を被《かぶ》った男の姿が目に飛び込んできた。

(泥棒……っ⁉)

一瞬そう思うが、こんなオンボロの診療所を狙《ねら》う人間がいるとは思えない。時折、酒に酔った男が診療所で暴れることはあるが、それとは違うのだ。ここは逃げるが勝ちだと足を踏み出した次の瞬間、坂下は腹に一発喰らった。

「く……っ」

「おとなしくしろ」

男はそう言ったかと思うと、腕をねじ上げ、首にナイフを押し当ててきた。

(……っ、……しまった……)

もともと腕に自信がある方ではなく、坂下はあっさりと畳の上に組み敷かれる。

「声を出すなよ」

ゴク、と喉《のど》を鳴らすと、ナイフの先端が皮膚をわずかに裂いたのがわかった。

「うちには……金なんてないですよ」

「しらばっくれるな。嘘を言うと後悔するぞ」

「嘘なんて……っ、見ればわかるでしょ」

「――黙れ！」

この状態で形勢を逆転させるのは難しい。

（くそ……）

なんとか男の隙《すき》をつけないかと、チャンスを窺《うかが》った。額に汗が滲み、ツ……、と頬まで伝って落ちる。そして、その時――。

「――おい、何やってる？」

「！」

部屋の入口に、人影が現れた。

（斑目さん……っ）

天の助けとばかりに、坂下の目に希望の光が宿る。なんてタイミングのよさだ。

だが男もそう簡単に坂下を離すはずもなく、髪の毛を摑んで無理やり立たせると再び後ろから喉笛にナイフをあてがった。

「退け。でないとこいつの喉をかっ切るぞ」

凄《すご》んでみせる男を見て、変に刺激しない方がいいと悟ったのだろう。斑目は両手を上げて無抵抗の姿勢を見せた。

「妙な真似《まね》したらこいつを殺すぞ」

「おいおい、ちょっとは落ち着けよ」

「黙れ！　下がれと言ってるんだ」

男はそう言って牽制《けんせい》しながら、じり、じり、と前に出た。さすがにこの状態では手の出しようがないのか、斑目は言われた通り後ろ向きに階段を降りていく。そして、階段の踊り場まで下がった時だった。

「──っ！」

背中にどん、と衝撃がきたかと思うと、坂下は上半身を押し出された格好になった。落ちる！　──そう思った瞬間階段が迫り、重力の法則に従って自分の躰が落下するのを、まるでスローモーションを見ているような気分で味わう。もう駄目だと観念し、腕で頭を覆いながらきつく目を閉じた。

「……っく！」

転がり落ちる衝撃に、坂下の全身が悲鳴をあげる。──いや、違った。予想に反して衝撃はそうなかった。

「お～、危なかった」

（……え？）

耳元で聞こえた斑目の声に目を開けると精悍《せいかん》な無精髭の男の顔がすぐ目の前にあり、自分の状態を確かめると仰向《あおむ》けになった斑目に抱き止められた格好になっていた。

（ああ、よかった）

ひとまずホッと安堵《あんど》し、緊張の糸が切れたのも手伝って思わず脱力する。

だが、一難去ってまた一難。

「先生、相変わらず抱き心地がいいなぁ」

「！」

しまった……、と我に返って慌てて身を起こそうとするが、斑目は笑いながら坂下をぎゅうぅぅ、と抱き締めた。床に手をついて必死で逃れようとしてもこの男に力で敵うはずがなく、まるでハエトリグサに捕まった昆虫のようにもがくことしかできない。

「ちょ……っ、離してくださいよ！　犯人追いかけないと！」

「もう遅い。とっくに窓から逃げたよ。しかし俺に跨《また》がるなんて大胆だな」

「何言ってるんです！　ちょっと！」

「男に乗られるのもイイもんだ」

「痛っ！　髭が痛いんですって！」

ぞりぞりと無精髭を擦《こす》りつけるようにされて必死で顔を摑んでひっぺがそうとするが、暴れれば暴れるほど斑目はぐぐぐ……、と手に力を籠《こ》めてそれを許さない。なんて力だと思いながら、無駄とわかっている抵抗をひたすら繰り返す。

ようやくその腕の中から逃れた時には、坂下はぜぇぜぇと肩で息をしていた。

（な、なんなんだこの人は……）

この状況下でこんな冗談が出てくるなんてと、緊張感の欠片《かけら》もない男を恨めしげに睨む。

「だけどあれはなんだったんだ？」

「知りませんよ。追いかけたら捕まえられたかもしれないのに」

冷たく言うが、もし斑目が来なかったらと思うと背筋が寒くなった。少し落ち着くと、殴られたところがずくずくと痛み出す。

「あ～あ、思いきり殴られて……可哀相《かわいそう》に」

斑目はそう言うと冷凍庫から氷を出し、それをタオルに包んで渡してくれた。「今さら優しくしても無駄ですよ」と言いたい気分になりながらも、黙ってそれを受け取る。

「ストーカーにでも狙われてんのか？　なんなら俺がここに泊まってやるぞ」

「斑目さんといる方が危険な気がしますけどね」

そう憎まれ口を叩くが、斑目は軽く笑っただけで少しも気分を害した様子はなかった。それを見てこの男に嫌味を言うだけ無駄だと思い、散らかった部屋をうんざりとした目で見ながら切り裂かれた布団の上に横たわる。

（ああ、もう。また出費が……）

天井を見上げ、気を紛らわすためにそんなことを思った。ナイフを突きつけられるような目に遭ってしばらくは神経が高ぶっていたが、疲れがたまっていたのか、斑目がいるというのに結局そのまま寝てしまった。

この街で働くようになって約八ヶ月。神経が図太くなってしまったようである。

斑目がいつまでいたのかはわからなかったが、翌朝目を覚ますと、部屋はきれいに片づけられていた。

それから一週間が過ぎた。

結局、いろいろと詮索《せんさく》されるのを嫌って被害届は出さないままだったが、男が診療所に侵入したことが嘘のように平和な毎日が続き、秋は日に日に深まっていった。空に浮かぶ鱗《うろこ》雲《ぐも》に日頃の疲れを癒《いや》されることもあり、窓の外の風景を眺める時間もおのずと増えていく。

だが、それも一時的なものだった。

(嘘だろ……)

夜中、白衣を着たままタバコを買いに出た坂下は自分を尾行《つ》ける数人の足音に気づき、神経をそちらに集中させた。明らかに速度を合わせてついてくる。歩調を変えても気配は去ろうとはせず、こちらが気づいていることも承知でついてくるようだ。診療所の二階でナイフを突きつけられた時の恐怖が、再び蘇る。

相手の動向を窺っていると、ザ……、と茂みが音を立て、男が三人出てきた。

「ちょっと顔貸せや、にーちゃん」

そう言ったのは、中年の男だった。前歯は欠け、ボロ雑巾《ぞうきん》のような服を身に纏《まと》い、目にはぎらぎらとした光が宿っている。それぞれが手に鉄パイプを握っており、月の光を浴びながら不気味な笑みを浮かべて立つその姿に、さすがの坂下も足が竦んだ。

診療所では荒くれ者ばかりを相手にしているが、実はあのくらいはまだ可愛い方なのだ。この街には出張仕事でまとまった金を持った者や老人を狙って計画的に金品を巻き上げる、いわゆるマグロ（路上強盗）をやるような連中も紛れ込んでいる。それが労働者街の現実であり、常識でもあった。

「ひっひっひ……。そう怯えるなよ。なんなら俺が可愛がってやろうか？」

ハイエナのように背中を大きく丸めた男が、酒臭い息を吐きながら近づいてくるのを見て、一歩後ろに下がった。だが、後ろにも人の気配を感じて振り向くと、そこにも似たような男が二人立っている。

逃げ道を塞がれて絶体絶命のピンチである。

（逃げられるか……？）

ゆっくりと輪を小さくしていく男たちを見ながら坂下は息を整え、隙を窺った。ペロリと舌なめずりをする男に恐怖を感じる。

と、その時。

「――っ！」

鈍い音がし、後ろ側にいた男がドサッと音を立てて地面に崩れ落ちた。傍らに大きな石が転がっているのを見て何が起きたんだと啞然《あぜん》としていると、茂みの中から黒い影が飛び出し坂下の白衣の襟を摑んだ。

「ぅわ……っ」

一瞬ふわりと躰が浮いたかと思うと、わけがわからないまま走らされる。そして一緒に走る男を見て、素っ頓狂な声をあげた。

「まっ、斑目さん……っ！」

「よ。先生」

まるでこの状況をわかってないような、呑気な声。後ろで「追え！」と叫び声がする。

「斑目さんねぇ、俺のストーカーでもやってんですか！」

診療所で襲われた時といい、あまりのタイミングのよさについそんなことを言ってしまった。内心「助かった」と思ったが、日頃の癖というものは出てしまうものだ。

「つべこべ言う余裕があったらもっと走れ」

「走ってますよ！」

「じゃあいっそのこと飛べ！」

「無茶苦茶言わないでください！」

そんな言い合いをしながら、二人は全速力で走った。

ホームレスが寝ている横を通り、出会い頭に摑み合いの喧嘩をしていた男たちにぶつかり、路上に転がった泥酔者の上を飛び越える。だが複数の相手をそう簡単に巻くこともできず、これでは埒《らち》が明かないと公園にある便所に駆け込み、身をひそめた。

『なんでこんなところに逃げ込んだんです』

『仕方ねぇだろう。成り行きだ』

『——役立たず』

助けてくれた相手に言う台詞ではないが、見つかった時に逃げ道がないのはやはり痛かった。案の定、足音はいったんは通り過ぎてくれたが、しばらくすると再び戻ってきた。

便所の存在に気づいたらしく、足音は警戒するように近づいてきて、入口のところで止まった。呼吸をすることすら憚《はばか》られる緊迫した状況になる。

『どうするんですか？』

唇の動きでそう訴えると斑目は少し考え込み「いいことを思いついた」とばかりに耳打ちする。

『喘げ』

『――は？』

『いいからイイ声出すんだよ』

言うなり、自分の洋服を摑んでぐしゃぐしゃと音を立て始めた。静まり返った便所の個室に衣擦《きぬず》れの音が漏《も》れ出し、思わずギョッとなる。わざわざ自分たちの存在を知らせることはないだろうとその手を止めようとするが、斑目はそんな坂下を無視して続けた。

「俺のはデカいか？　え？　どうなんだ？」

ドアに耳を当てて外の様子を窺いながら、やっと聞き取れるほどの声でアダルトビデオよろしく演技し始める。「先生もなんかやれ」と目で合図され、なるほどそういうことかと坂下はようやく納得し、とりあえず何か言わねばと言葉を探す。だが、突然のことになんと言えばいいのかわからない。

「男のくせに俺を誘惑するとはなんて奴だ。お前が男が好きだったとはな」

一人で演技を続ける斑目に「ほら早くしろ」と肘で急《せ》かされて焦り、ヤケクソになった坂下は思いついた言葉を口にした。

「やめてください、おやっさん、おやっさん……っ！」

おやっさん。

自分でも呆れるような台詞に「やってしまった……」と青ざめた。こんなポルノばりの設定がそう転がっているとは思えない。しかし、斑目と目を合わせると「いいぞ」と頷きながらさらに続ける。

これでいいのか。

そう思うが、いったんやり始めたものを今さらやめることなどできない。

坂下は演技を続けた。

「おやっさん、いけません」

「何を言う、平治《へいじ》。お前が誘ったんだぞ」

「こんなことして……、姐《あね》さんに、申し訳が……っ」

「黙ってりゃあわからんさ」

「あ、そんなこと……っ」

「目をかけてやってたのに、平治。お前が俺をそんな目で見てたなんてな。悪い奴だ」

中で激しい情事が繰り広げられているというように、二人はドアに躰を擦りつけ、時にはぶつかるような音を立てた。次第に白熱していく演技に、一瞬「俺らはいったい何をやってんだ」と現実に立ち返った。こんなことで本当にやり過ごすことができるのかと段々馬鹿らしくなってきて、これなら一か八かで飛び出した方がいいのではと思えてくる。

一人のノルマは二・五人だ。いや、腕力からいうと斑目が三人、自分が二人か——本気でそんな計算をする。

だが、その覚悟をした時だった。

「なんだ、ホモのカップルか。いい気なもんだな。まだこの辺にいるはずだ。行くぞ」

げんなりとしたような男の声が、ドアの外から聞こえた。

「やるならほか行きやがれ」

どん、とドアに一発蹴りを入れたかと思うと男たちはぞろぞろと出ていく。足音が完全に聞こえなくなり再び静けさが戻ると、二人してはぁぁぁ……、と溜め息をついた。

よくこんな手が通用したなと感心する。

斑目もまさか本当に誤魔化《ごまか》せるとは思っていなかったらしく、坂下の顔を見て苦笑した。

「しかし『おやっさん』には笑ったな」

「だってこの街じゃあ部長なんてのは嘘臭いし、咄嗟《とっさ》に思いついたのがそれなんです」

そう言って自分をからかう斑目を恨めしげに睨み、もういいだろうかとドアを少し開けて外の様子を窺った。出入口の外は真っ暗な闇《やみ》が広がっており、動く物は何一つない。

「もう大丈夫そうか？」

「ええ、多分」

足音を忍ばせ、回りに気を配りながらそこを出る。だが、二人が外に出た時だった。

「やっと出てきたな」

「ぅわ……っ」

後ろから勝ち誇ったような声が聞こえたかと思うとヒュ……ッ、と空を切る音がした。降り下ろされた鉄パイプを咄嗟に手で受け止め、地面に膝をつく。そして、斑目が男の顔面に拳《こぶし》を一発浴びせるのが見えた。

「——走れ！」

白衣を引っ張られ、再び走らされた。バラバラと追いかけてくる複数の足音。

「やっぱりあんなんで誤魔化せるわけないんですよ！　ったく浅はかなんだから！」

「先生だってノッてたくせに何を言う。『おやっさん』が悪かったんじゃないのかっ？」

「『平治』が悪かったんですよっ！」

またもやそんな言い合いをしながら全力で逃げ回った。どうして自分はこんなことをしているのだと、さすがに嫌になってくる。

そして街の中心を横断する川に差しかかると、二人は橋の中ほどで立ち止まった。

「！」

「もう逃げられないぞ」

挟まれ、完全に逃げ場を奪われたことを悟らされた。今度こそ絶体絶命である。

「先生、泳げるか？」

（……え？）

自分を見下ろす斑目を見た途端、坂下は嫌な予感がして息を呑んだ。そして次の瞬間、躰がふわりと浮く。

「――ぅわ！」

横抱きにされた坂下は斑目の手によって、ざぶん、と川の中に放り込まれていた。


「へーっくし！」

コント顔負けのくしゃみが、使われていない民家の中に響いた。二人は水を滴らせながら裏口から入り込み、靴を履いたまま部屋の奥へと進んでいく。

あの後斑目も川に飛び込み、なんとか追っ手を巻くことができたのだが、やはりこの時期に川に飛び込むのは無謀だった。寒い。

「今日は診療所には戻らない方がいいな。明日様子を見て大丈夫そうなら戻ろう」

「ええ、そうですね」

川に飛び込んだ時にメガネを落としたため、足元がよく見えずに斑目に支えられるようにして畳の上に座る。家具などは一切ないが簡易宿泊所に比べるとスペースも広く、かなり居心地のいい場所だった。埃《ほこり》っぽいのさえ我慢すれば、あとはなんの問題もない。

「――痛……っ」

何気なく手をつき、激痛に顔を歪《ゆが》める。

「どうした？　さっきやられたのか？」

「大丈夫ですよ」

そう言うが、手首がかなり腫れていた。幸い骨には異常はないようだが、しばらく右手は使えそうになく、追われる身で利き手が使えないのは精神的にも辛かった。斑目が「ここで待ってろ」と言って姿を消した時はいつあの男たちがやってくるのかと不安だったが、そんな坂下の気持ちを知ってか三十分ほどして戻ってきた。

「ほら、手を出せ。冷やしてやるから」

飲み屋にでも行って調達してきたのか、ビニール袋に詰めた氷で手首を冷やしてくれた。しかも、毛布や食料の入った袋まである。

「これ……どうしたんですか？」

「毛布は工事現場の仮眠室から取ってきた」

「窃盗じゃないですか」

「つべこべ言うな。手持ちの金があまりないんだよ。後で返せば問題ない」

そう言われ、濡れた衣服を脱ぎ捨てて毛布にくるまった。それぞれ素っ裸で毛布にくるまった状態で壁に寄りかかり、並んで座る。

窓の外からは、鈴虫の声が聞こえた。

「どうした？　大事なものか？」

貰ったお守りが濡れたのを気にしていると、斑目がそれに気づいて声をかける。

「え？　まぁ……」

「悪かったな、いきなり放り込んで。ほら、少しは暖まるぞ。飯もある」

斑目はそう言い、缶入りのコーンスープを渡してくれた。手のケガを思いやってか、プルトップの蓋を押し開けてくれているのに気づき、さりげない優しさについその表情を窺い見てしまう。

「……どうも」

すると斑目はにやにやと笑いながらおにぎりの包みを袋から出した。

「なんなら『あ～ん』もしてやろうか？」

これがなければいいのだが。

「――結構ですよ」

冷たく言い放ち、左手でそれを受け取って大口でかぶりつく。

「先生、あいつらいったい何者だ？」

「さぁ、俺だってわかりませんよ。面識だってないし、恨まれるようなことをした覚えもありません」

「今度襲ってきたらメス投げてやれ」

「まさか人に向かってあんな危ないもの投げられるわけがないじゃないですか」

「何言ってやがる。俺には投げるくせに」

「斑目さんは刺さっても平気でしょ」

「んなわけあるか」

ついつい憎まれ口を叩いてしまう自分の性分に呆れながらも、いつものように接してくれる斑目に少し落ち着きを取り戻した。そして立て続けに三回くしゃみをして「はぁ」と息を吐く。熱が出てきたのかもしれない——そう思うと急に躰がだるくなってきて、目を開けているのも辛くなってきた。黙って肩を貸してくれる斑目の体温に診療所で抱かれた時のことを思い出してしまうが、そんなことを言っている余裕はない。

「寝られるんだったら寝た方がいい。俺が起きててやるから心配するな」

「交代で寝ましょうよ」

「俺は先生の寝顔見るからいいんだよ」

「あーそーですか」

またくだらないことを……、と思いながらも、それ以上文句を言う気力はなかった。

斑目の体温が心地好い。

自分だけ寝るのもどうかと思ったが、何を言っても無駄な気がして「甘えてしまえ」とばかりに瞳を閉じた。そして、なんとはなしにこれまでの斑目の行動を思い出す。

落ち込んでいる時に黙って側にいてくれたかと思えば、おっちゃんの家族の居場所を教える代わりに抱かせろと脅してみたり、本当に抱いてみたり。一人おっちゃんの死を悲しんで酒を飲んでいたこともあった。

悪い人間なのか、そうでないのか。

ぼんやりとそんなことを考えていたが精神的疲労も手伝ってか、ほどなくすると坂下は斑目の肩に頭をのせたまま規則的な寝息を立て始めた。

坂下が眠りにつくと起こさないよう横に寝かせ、斑目は自分の毛布を坂下の上にかけてからまだ濡れている衣服に袖《そで》を通して外に出た。そして公衆電話を探し、双葉がよく使う簡易宿泊所に電話をかける。

運がよかったのか、三軒目でヒットした。

「双葉か?」

『あ、斑目さん?　どうしたの?』

「悪いな、こんな時間に。ちょっと調べて欲しいことがあるんだ」

あの男たちがいないか回りに気を配りながら、診療所で坂下が襲われた時からの詳しい事情を双葉に説明した。

　斑目の予想からすると、今日の連中はこの前診療所を襲ったのとは別の人間だ。だが、無関係とは到底思えなかった。先日の男は、その身なりからしてこの街の人間ではないことは明らかで、それらのことを考えると今日自分たちを襲った五人は雇われたと考えるのが自然だ。はした金で動く人間は、この街にはいくらでもいる。

『つまり先生を襲った奴の素性と目的を調べたらいいんッスね。先生を襲ったのがここの連中なら誰かに話が漏れてるだろうし』

「ああ、頼む」

『オッケー、任せてよ。俺の情報源をもってすれば二〜三日で調べられるから。ところで今、先生と一緒なの？』

　不意に含み笑いをされ、斑目は「そらきた……」と思わず身構えた。

『喰っちゃやわないようにね。斑目さん、案外やんちゃなんだから〜。軍鶏、好きって言ってたっしょ？』

「馬鹿言え。あれはジョークだ」

『でも、まんざらでもないくせにぃ〜。本当はもうムラムラきてんじゃないの〜？』

　一回り以上も歳の離れた男にからかわれ、苦虫を嚙みつぶしたような顔で「とにかく頼んだぞ」とだけ言うと受話器を置いた。

（ったく……）

次に会った時はとことん追及されるだろうと覚悟し、気を取り直して先ほどの民家へ戻った。足音を忍ばせて中に入ると、出てきた時と同じ格好のまま毛布にくるまって眠っている坂下の姿がある。そして次の瞬間、目に飛び込んできたものにギクリとなり、思わず足を止めた。

毛布がずれて肩が露《あら》わになっているのだ。

（う……）

首筋や鎖骨の白さが眩《まぶ》しく、その艶《なま》めかしさについ凝視してしまいそうになる。

（ったく、勘弁してくれ）

斑目は明後日《あさって》の方向に目をやりながらゆっくりとしゃがみ込み、まるで危険物でも扱うようにそろそろと手を伸ばして指で毛布をつまんで上げてやった。それこそもう一度見てしまえば理性が吹き飛んでしまうというように、慎重に。

無事にそれをやり遂げるとホッと安堵し、気を紛らわせるためタバコに火をつけた。煙を吐きながら天井を見上げたが、ついつい坂下の寝顔を盗み見てしまい、起きている時には拝めない表情に男心が疼いた。

「……、……」

警戒心など微塵《みじん》もないのだ。こう無防備に寝顔を晒されては逆に手の出しようがない。

坂下を抱いてしまった夜の記憶が蘇り、その時の声を思い出してしまう。

『ぁ……っ、……っく、……アッ』

坂下の手は冷たかったが、中は熱かった。

荒くれた連中を平気で叱り飛ばす、このおっかない先生が色っぽく乱れる姿。

（くそ……）

こんなに調子を狂わせられる相手は生まれて初めてのことで、この若い医師に対する想《おも》いをどう消化すればいいのか、なんておよそ斑目らしからぬ戸惑《とまど》いを覚えた。荒事には慣れていないくせに、坂下は向こう気だけで全部乗り越えようとするのだ。そもそもこんな街で一人診療所を開くなんてこと自体、普通の神経をしているとは思えない。浅はかで甘い考えだ。

だが、そんな世間知らずの甘ちゃんがこの吹きだまりで八ヶ月も診療所を続けており、しかも警察などの権力や先生と呼ばれる人種に反発するようなこの街の連中の心を掴み始めている。警戒心剝《む》き出しで少しでも気に喰わないことがあればすぐに怒鳴り散らしていたどうしようもない男どもが、二度三度と坂下の診察を受けているうちに心を開き、そのうち「先生、ちょっと診てくれよ」なんて恥ずかしそうに自分から症状を訴えるようになる。

本当に不思議な男だ。

とりとめもなくそんなことを考えていた斑目だったが、いつの間にかタバコの火が根元まで来ているのに気づいて急いでそれを揉み消した。

坂下が診療所に戻ったのは、翌日の朝だった。再び襲われる可能性を考えなくもなかったが、相手の素性も目的もわからない状態でただ身を隠しているというのは不条理に思え、今度襲ってきたらメスの一本でも投げてやるという覚悟でいつも通りに診療所を開けた。半分意地もある。

だが、予想に反して見えない敵はここ二日ばかり沈黙を貫いており、再びどう転ぶのかわからない状態になっていた。精神的に追いつめようとしてのことなら、相手もなかなかのものだ。

そして三日目の夜、変化は訪れた。

「双葉は来てないのか？」

「あ、斑目さん」

カルテの整理をしていた坂下は、斑目の姿に気づいて顔を上げた。川に落としたメガネの代わりに度の合ってない予備のものを使っているが少しぼやけて見える程度で支障はなく、右手のケガの方も、細かい作業はできないが箸《はし》を使える程度には回復していた。

「いえ、今日は見てませんが。ここで落ち合う約束でもしてたんですか？」

「ああ」

「何時にです？」

「七時だ」

その言葉に、坂下は腕の時計を見た。

もう二時間も経っている。

「俺が遅くなるって言ったら、先生と一緒に飯でも喰ってるって言ってたんだがな」

考え込むような斑目の顔を見て、にわかに不安が湧き上がる。

「この前ここを襲った奴らのことを調べてくれてたんですよね？」

「ああ。何かわかったらしいんだが、今は落ち着いて話せないから診療所に来るって言ってすぐに電話を切ったんだ。どうも誰かにつけ狙われてる雰囲気だった」

嫌な状況だ。せめて携帯でも持ってくれていたらと思ったが、今そんなことを言ってみても仕方がない。

「大丈夫ですかね？」

「あいつは若いがいろいろ経験してる。その辺の男よりも十分逞しいよ」

その言葉に縋りたい気分だったが、険しい顔をする斑目に決して楽観できる状況でもないことを悟らされた。

二人はここで待つことにしたが、不安を口にするとそれが現実になりそうで、ただの一言も発しなかった。重い時間が流れる。

それから三十分ほど経っただろうか、診察室の裏口で物音がし、坂下は跳ねるように立ち上がって裏口から外に回った。

「……先生」

「双葉さん！」

壁に寄りかかるようにして立つ双葉の姿に、坂下は思わず息を呑んだ。暗くてよく見えなかったが血の臭気が鼻を掠《かす》め、ケガをしているのだとすぐにわかる。斑目もすぐに出てきて双葉を抱えると、中へと運び込んで診察台の上に寝かせた。すごい血の量だ。

「大丈夫か？　何があった？」

「はは……、ちょっとヘマしたっつーか。雇われてた奴らが……俺が嗅《か》ぎ回ってるのに気づいて、襲ってきやがったんだ」

左手で右肩を押さえているが腕の傷の方がかなり深く、皮膚の下の薄い脂肪が覗いており、斑目の手を借りて急いで止血をした。

「斑目さん、病院に連れていきましょう」

「病院なんて……嫌だよ、先生」

「血だらけで何言ってるんです！」

そう怒鳴りつけるが、双葉は頑《かたく》なにそれを嫌がった。

「俺、病院が嫌いなんだよ。あんなところに、連れてかれるくらいなら……死んだ方がマシだって。先生が、縫ってよ」

こんな状態で何を言っているんだと思うが双葉はまったく聞こうとせず、坂下は自分が不甲斐なくてならなかった。

肝心な時に手にケガをし、満足に治療もしてやれないなんて医者失格だと思わずにはいられない。おっちゃんの時もそうだ。ロクに説得もできずに手をこまねくだけだった。

無力で、無能で、理想だけやたらと高いただの甘ちゃんなのだと自分を責める。

「俺は手にケガをしてるんです。さすがに手術は無理だから病院に行きましょう。斑目さん、運ぶの手伝ってください」

ここで押し問答をしても無駄だと、坂下はすぐに踵を返して電話に向かおうとした。だが、斑目はなぜか勝手に診療所の道具を持ち出し、縫合の準備をしている。

「……ちょっと、何やってるんです？」

「先生、麻酔はあるか？」

斑目はそう言うと手を石鹸《せっけん》で洗い、医療用の手袋をしてから坂下を押し退け、双葉が寝ている診察台の横に立った。

「何するつもりです？」

「俺が縫うんだよ」

「何言ってるんです！　素人《しろうと》が見よう見まねでやれることでは……っ」

そう言いかけたが、坂下はそこで言葉を呑んだ。傷口を洗い流し、腱《けん》の損傷がないかどうか手首や指の動きを確かめるその手つきを見て、素人ではないことを悟らされる。細かい神経が切れていないかを診るため、傷口周囲の皮膚を刺激して感覚があるかどうか双葉に問診している姿は医師そのものだ。

「医師免許、持ってるんですね……？」

その問いに斑目は答えなかったが、今はそれを問いつめている場合ではないと気を取り直して斑目の助手を務める。

「──手伝います」

「局所麻酔をする。準備してくれ」

「はい」

注射器と薬剤を準備して斑目に手渡すと、静かな診察室で双葉の治療が始まる。

あっという間だった。

この手の傷はひと針ひと針を独立させて縫うやり方が普通で、一本の糸で縫う連続縫合と比べて時間がかかるが、この男にとってはその程度のことは関係ないのだと思わされた。斑目の縫合は一点の抜かりもなく完璧《かんぺき》だった。しかもこの短時間で縫ったにもかかわらず傷口は恐ろしくきれいで、教科書の見本にしていいほどの見事な仕上がりだ。

縫合が終わると最後の処置をしてから双葉を二階に運んで寝かせ、診察室を片づけて椅子に座ったが、安心して気が抜けたのに加え、先ほど見せられた縫合技術に圧倒されて頭がぼんやりとしていた。タバコに火をつける斑目を見ても、これまでと同じ男を見ている気がしなくて妙な感じだ。

そして坂下は、研修医時代によく耳にした伝説の外科医のことを思い出していた。神の手と言われる技術を持った外科医。

そんな偶然があるかと思ったが、今目にした事実はその可能性を肯定していた。

斑目、幸司。

そんな名前ではなかっただろうか——もう消えかかった記憶の中にこの男の名を捜す。

「まさか……斑目さんは、あの伝説の……」

「何が伝説だ。馬鹿なことを言うな。俺はただの日雇いだよ。昔医者をやってただけだ」

斑目はそう言うと、話を逸らすようにこう続けた。

「双葉だがな、医者にはひどい目に遭わされたんだ。母親が誤診で治る病気を放置されて手遅れになっちまったんだと」

「そう、だったんですか……」

「でも先生のことは信用してる」

斑目はにやりとしたが、その言葉の意味を理解することなく音だけが耳を通り過ぎる。

「……なんだ？」

「いえ」

あのすばらしい技術に、まだ興奮していた。そんな坂下を見て斑目は苦笑する。

「何ぼんやりしてる」

その声を聞きながら、どうりで他の日雇い連中とは違う雰囲気を持っているはずだと思った。そして、おっちゃんの血液検査の結果が出た時に斑目が言った台詞を思い出す。

『先生、そう自分を責めるな。俺だって気づいてなかったんだ』

あれは、斑目がおっちゃんと親しかったから言ったのではない。この男も医者だったからあんな台詞が出たのだ。

「先生、いい加減にしろ」

「……？」

少し困ったようなその言い方に、何をいい加減にしろと言っているのかすぐにはわからなかった。不意に真剣な表情をして近づいてくる男をぼんやりと眺めていると、ギ、と微《かす》かに音を立てて斑目は坂下の逃げ場を奪うように両手を机の上に置いた。坂下は椅子に座ったまま自分を見下ろす男を見つめ返す。

ゆっくりと唇が降りてくるが、それを拒もうなんて気はまったく起きなかった。

「……ん」

唇が重ねられ、軽く吸うようにしてそれはすぐに離れた。

「そんな顔されると理性が崩れるだろうが」

警告されるが、それでもじっと見つめてしまう。

この男が、伝説の外科医。

その事実がいまだ信じられなくて、だが自分が目の前で見せられたものは納得せざるを得ない光景で、夢でも見ている気分だ。そして再びゆっくりと降りてくる唇を眺め、メガネを外されるのと同時に目を閉じる。

「――ん……っ」

二度目の口づけは、先ほどのよりも少し濃厚だった。促されるまま唇を開き、入り込んでくる舌を受け入れ、応《こた》えた。口づけは次第に激しくなっていき、自分の口内を舐め回す舌の動きに段々と高ぶっていく。

「ぅん……、ん、……ん……ぁ」

身を任せると、腰に腕を回されて抱き寄せられるようにして立たされた。椅子を退かしながら情熱的な抱擁をする斑目に酔い、甘い吐息を漏らしながら坂下もその背中に腕を回した。角度を変え、自らもせがむようにして口づけに応えて身を差し出す。

「んぁ……、……んっ、ぁ……、……ふ」

自分は女になってしまったのだろうかと思うほど、キスに酔いしれた。痛いくらい肌に喰い込んでくる指にすら反応している。

静まり返った診察室に自分たちが互いを貪る気配だけがしているのを意識の隅で捕らえながら、坂下はシャツをまさぐる斑目の手に神経を集中させた。それは胸の突起を探り当てると親指の腹で押しつぶし、シャツの上から軽く引っかくようにして坂下を翻弄《ほんろう》する。

「――っ……っ!」

突起を軽くつまれ、躰が跳ねた。爪先《つまさき》が痺れるような感覚に見舞われて戸惑っていると斑目は不意に唇を離し、感じているのを確認するかのようにそこを嬲りながら坂下の表情の変化をじっと観察する。そして目と目を合わせたまま、目で聞いた。

ここか?

熱い眼差《まなざ》しだった。

坂下は目許を染めたまま見つめ返し、さらに愛撫の手を加えていく斑目の言いなりになった。片手で自分の腰を抱き、少し屈むようにしてシャツの上から舌を這わせる男の肩や首筋に、男らしい骨格を持つ引き締まった肉体を改めて見せつけられ、そんな斑目の虜《とりこ》になっていることを知る。

「……ア……ッ!」

立っているのが辛く、机の上に両手をついて責め苦に耐えた。唾液で濡れたシャツはうっすらと色づいた突起に貼《は》りつき、白衣を着た男をいっそう淫《みだ》らに見せる。

「はぁ……っ」

舌先で刺激されて躰に火がついたようになり、焦《じ》れったさに翻弄されながら自分は何をしているんだと思った。てるんだと思った。だが、情欲に抗うことはできずに津波のように押し寄せてくる興奮に身を任せる。

「ぁあ……、……斑目、さん……」

ズボンを脱がす斑目に協力するように腰を浮かし、自分の首筋に噛みつく男の頭を片手で抱いた。唾液で濡らされた指に後ろを探られると、双葉の傷を縫った時の斑目の手つきを思い出し、さらに乱れる。

まさに、神の手だった。名医と呼ばれる外科医の手術は幾度となく見たが、あれはそんなものではなかった。繊細で大胆で、神憑《かみがか》り的なものだった。

あの手に、あの指に、自分の後ろを嬲られているのだと思うだけで興奮し、じわりとそれが中に入ってくる指に息を詰めながらそれを受け入れ、苦しげに吐息を漏らした。

「……ぁ、……っく」

異物感に眉《まゆ》をひそめるが、出し入れされているうちにそれは別のものに変わっていく。

「あぁ……」

溜め息にも似た喘ぎが漏れた。

自分のそこが十分にほぐれているのがわかり、淫らな気持ちにさせられる。

（そこ……、……もっと……っ）

もっと深く、欲しかった。器用な指に煽られた躰は淫らに開花し、熱く猛《たけ》ったもので中をかき回して欲しいという思いに囚《とら》われる。力強い腰つきでこの躰を揺すり、何も考えられなくなるまで突き上げてもらいたかった。

「ぁあ……、はぁ……っ」

欲しい。

潤んだ瞳でそう訴えると、言葉にせずとも坂下の切実な求めは伝わったようで、斑目は自分のズボンのファスナーを下ろした。あてがわれた瞬間、小さく「ぁ……」と声が漏れ、自分がそれを待ち焦がれていたことを思い知らされる。

「斑目さ……、あ、……あっ」

「挿《い》れて、いいのか？」

耳朶を噛みながら意地悪なことを言う男を少し恨めしく感じながらも、小さく頷いてそれを乞う。そして、尻を掴む斑目の指先にぐっと力が入った。

「――ぁああ……っ！」

熱い猛りを突き立てられるのと同時に、坂下は自分の腹の上に白濁を放っていた。自分を引き裂いたものの存在を思い知らされながら、切れ切れに喘ぐ。

「……どうだ？　俺のは」

掠れた声に、背中がぞくりとなった。

（あ……、……すごい）

深く突き立てられたまま双丘に指を這わされ、ゆっくりと回すように揉みほぐされる。

疼き、熱に侵されながら自分を見下ろす男を潤んだ瞳で見つめ返すと、回すような腰使いが始まる。

「ぁあ……、あ、あっ」

恥ずかしげもなく躰を開き、男を受け入れているのだと痛感させられるが、そんなみっともない姿を晒しているのだとわかっていながらも自分を止めることはできなかった。

「ぁ……っく、……んぁ、はぁ……っ」

ゆっくりとした抽挿《ちゅうそう》にもどかしさを感じながらも、男である自分がいいように嬲られ弄《もてあそ》ばれていることに被虐的な快楽を感じずにはいられない。

（すご……い、……もっと……）

自分の中を満たすものの存在に翻弄されながら、しがみついて啼《な》いた。下から力強く突き上げるその腰つきに夢中になり、斑目の背中に爪を立てる。

熱い。熱くて、腰が蕩《とろ》けそうだ。

そして斑目は坂下の膝を抱え上げ、机の上に押し倒した。自分を貫いたまま上から見下ろすその視線を受け止め、顔を傾けて再び唇を重ねようとするのを見て坂下も誘われるように唇を差し出す。

「ぁ……ん、……ぅんっ、ん……」

ゆっくりと後ろを攻められながら、さらに濃厚に交わされる口づけにかろうじて残る理性を搦《から》め捕られるようにして、さらに深い愉悦の中へと身を沈めた。

翌朝、坂下は目を覚ますと、いつもと違う方向から降り注ぐ朝日に目を瞬《しばた》かせた。

(あ、ここ、……どこだ?)

待合室のソファーの上に寝かされていることに気づき、ゆっくりと身を起こす。気温はまだ低かったが毛布をかけられていたため、あまり寒いとは感じなかった。もさっとしたまま起き上がると、スリッパを履いた足が自分の方へと近づいてくるのが視界に入る。その人物がソファーの横にしゃがみ込んだため、視線を上げずとも相手が斑目だとわかった。

「おはよう」

斑目はなんとも言えない穏やかな表情で寝ぼけ眼の坂下を見上げた。その眼差しを受けていると、見えない優しさに包まれているような気がしてそのままぼけっとしていた。イイ男だな……、なんてぼんやりと思ってしまい、坂下は弾《はじ》けるように現実に返る。

「！」

何が「イイ男」だ。

我ながらとんでもないことを考えてしまったと、一気に目が覚めた。頭の中のことが相手にわかるはずはないが、斑目にはお見通しのような気がして恥ずかしく、まともに視線を合わせられない。さらに昨夜《ゆうべ》の記憶が追い打ちをかけるように蘇ってきて、自分がどんなふうに求めたのかを思い出させられた。

「大丈夫か？」

そう聞かれるが、答えることができなかった。快楽に溺れてしまった——その事実から目を逸らしたくてならない。

斑目は敢《あ》えて昨夜のことには触れないが、そんな坂下の気持ちを見透かしているかのような顔をしていて、それがまた昨夜のことは自分が求めた結果以外の何ものでもないと言われているような気がする。

「さっきから双葉が呼んでるぞ」

「……え？」

「傷は大丈夫なんだがな、甘えてんだよ」

仕方ない奴だと笑う斑目に促され、坂下は急いで二階に行った。すると三角巾《さんかくきん》で腕を固定された双葉が布団の上に座っている。

「双葉さん、ケガの具合はどうです？」

「先生の匂いに包まれてぐっすり寝たから大丈夫だよ。だけど斑目さんが元医者だったなんてな。びっくりだよ」

案外元気そうにしているのを見てホッとし、タバコを吸いたいと言う双葉に自分のを差し出して火をつけてやる。

「タバコを吸う元気があるなら、大丈夫ですね」

細かい傷も合わせると二十針以上も縫っているというのに呑気なものだ。これも斑目のおかげだと感謝し、いつもくだらないことばかりを言う男だがその縫合技術や手際のよさ、落ち着いた対処など、どれを取っても一流なのだと素直に尊敬することができた。

自分のような若造にはとても手が届かない、と……。

それから三人は朝食を取ることにし、二階の畳の部屋で顔をつき合わせて座った。昨夜のことがまだ少し気まずい坂下だったが、知らん顔をしてくれる斑目に救われた。

「原因は、おっちゃんだよ」

双葉は斑目が買ってきたおにぎりをほおばりながら、これまでにわかったことについて詳しく説明を始めた。

「どういうことだ？」

「先生を襲った奴を見つけたんだ。雇ったのはどうやらおっちゃんの息子らしいんだ。それに遺骨も家族が引き取ったんだって」

「え……」

通常、身元不明や引き取り手のなかった遺体は、火葬され遺骨となった後、その自治体の規定により一定期間所持品とともに保管される。そして、その期間が過ぎると無縁仏として共同墓地に埋葬されるのだが、双葉が調べたところによると、後で気が変わったとかで遺骨を引き取りに来たというのだ。もちろん、遺品も一緒にだ。

「なんで今さら……。俺が連絡した時には拒否するって言ってたのに」

実際にあの家族に会ったことのある坂下には、それが理解できなかった。死んだ人間のことでも平気で罵倒《ばとう》するようなタイプだ。そう簡単に心を入れ替えたり、後になって人間らしい感情が芽生えたりしたなどということは考えられないだろう。

「どうやら所持品の中に先生に宛《あ》てた手紙があったらしいんだけど、市の職員の手違いで家族のところに連絡がいったみたいなんッスよ。で、俺の予想なんだけど、実は遺産持ってたんじゃない？　おっちゃんが宝くじの当選券を持ってるって噂、聞いたことあるよね？　先生にあげるつもりだったとか」

「でもあれは噂だろ？」

「いや。あれかなり信憑性《しんぴょうせい》が高いんッスよ。実際に当選券を見せられたって奴もいたし、銀行に換金に行ったたって噂もあるんだ」

「じゃあ金はどこにある？」

「高額当選って身分証明がいるんじゃなかったです？　もちろん住民票は動かしてなかっただろうし、換金できないんじゃあ……」

坂下は情報を整理しながら、自分の考えを口にしていった。

「つまり、おっちゃんはまだ換金してない当選券を持っていて手紙の中にその隠し場所でも書いてたってことですか？」

「そ。だけど運悪く手紙は家族に渡ってしまって、先生がその存在を知る前になんとか奪ってやろうって必死になってるってわけ」

「もしそれが本当なら、その当選券はどこにある？」

斑目が言うと、三人で「う〜ん」と考え込む。確かに辻褄《つじつま》は合うが、証拠となる当選券がない現段階では推測の域を出ない。

「あ、そう言えば」

坂下は貰ったお守りのことを思い出し、おもむろに自分のシャツの一番上のボタンを外して首からかけていたそれを取り出した。小さな赤い袋に金の糸で刺繍《ししゅう》がしてあるどこにでもあるものだ。

『安産祈願』の文字を見て斑目が言う。

「そういや先生、この前も首からぶら下げてたな。俺の子を産む気……――ぅぐっ！」

すっかりいつもの調子に戻っている男の顔面に反射的に拳を叩き込み、中を探った。すると中から小さく折り畳んだ紙が出てくる。

「！」

「それかっ！」

「斑目さん、鼻血鼻血」

双葉の言葉に斑目は慌てて鼻を拭《ぬぐ》った。

紙を広げると、それは自分で六つの数字を選ぶタイプのものだった。配分率で当選金額に違いが生じ、キャリーオーバーといって前回当選した人がいなければそのぶん繰り越しになるシステムもある。

「嘘だろ……」

「へぇ、まさか本当に出てくるとはな」

「高額当選って……いくらッスかね？」

双葉がぽつりと呟くと、坂下はお互いの心のうちを探るようにぼそっと答えた。

「このテのは結構高いんですよね」

「ン千万単位？」

「いや、一等なら億いく場合も」

その言葉に三人はゴクリと唾を呑み、黙ったまま顔を見合わせる。

「それってさ、先生が貰っちゃっていいんッスよね？　お守りに入れてあったってことは、先生にあげるつもりだったたんっしょ？」

「どうだろう。でも、お金があったら医療器具がレンタルできるな。特診なんてケチなこと言わないでタダで治療し放題かも」

欲深いのかそうでないのか。坂下は頬を少し紅潮させ、うっとりとしながら欲しかった医療器具を次々と想像する。

CT、MRI、超音波診断装置に半導体レーザー治療器、超音波診断装置、そして新品の診察台に新品の白衣。待合室のスリッパを抗菌の新しい物にすれば、連中が水虫の伝染《うつ》し合いをすることもない。

「先生、パソコンあっただろう？」

一人自分の世界に浸る坂下を尻目に、斑目は落ち着いた態度でタバコに火をつけた。

坂下はハッと我に返り、一階からノートパソコンを取ってきてネットに繋《つな》いでから検索をかけ、過去の当選番号をチェックする。

（……あ）

坂下は目をぱちくりさせた。

「い、いくらだったんですっ？」

「勿体ぶるなよ」

わくわくと期待を胸にしている双葉と、それとは対照的に大して興味なさそうな顔をして煙を吐く斑目。ゆっくりと二人の顔を見て、坂下は譫言《うわごと》のように言った。

「に、……にじゅうまん、です」

「二十万？」

「ええ、約二十万」

二十万円。

後生大事に抱えていた宝くじが、二十万。

三人は顔を見合わせ、あまりの馬鹿馬鹿しさにぷっと噴き出した。

「あははは……。何が億だよ、先生。夢見すぎだって」

「双葉さんだっていろいろ想像したくせに」

「もしかしてあいつら、二十万のために人まで使って先生を襲わせたりしたのか」

「みたいですね」

高額当選だの身分証明がどうだのあれこれ難しく考えていたが、結局単純なことだったのだ。おっちゃんは遺産と言えるほどの金など持っていなかった。ただ、臨時の小遣いとしては嬉しいくらいの金だった。

一瞬とは言え、坂下たちですらかなりの額を想像したのだ。あの金の亡者のような人間なら相当の額を想像し、自分たちが相続し損ねた金額がどれだけのものだったのかと地団駄を踏んで悔しがったに違いない。

そして強欲な家族たちは遺骨をすぐに引き取らなかったことを後悔し、目の色を変えておっちゃんの残した遺産を探し回っている。

「で、換金の期限はいつなんだ？」

「あ、嘘っ。あと十日しかないですよ」

「どうする、先生。このまま換金するか、期限を過ぎるまで待つか」

「でも、期限過ぎまで渡さずに無駄にしてしまったら、たとえ二十万でも先生を恨みそうじゃないッスか？　逆恨みされそう」

「ま、そうだろうな」

どうしようか迷っていたが、その時坂下は、ふとお守りを貰った時のことを思い出した。

『今日は俺の家族に会いに行ったんやろ〜？　無駄足になってすまんかったな〜』

おっちゃんはあの後、冗談混じりに坂下に家族になろうかなんて言った。その言葉を思うと、あの時のおっちゃんの気持ちが改めて見えてくるような気がしてきた。

おっちゃんは、やはり家族に迎えに来て欲しかったのだと……。

家族に完全に見捨てられているとわかっていながらも、それでもやはり一抹の希望を抱いていたのだ。自分の病気のことを知った家族が、自分を迎えに来てくれるのではないかと、どこかで思っていた。

この当選金で、家族水入らず贅沢《ぜいたく》な食事をすることを思い描いていたのかもしれない。だが、坂下が一人で帰ってきたのを見て自分の望みが叶《かな》うことがないと再認識させられ、それを坂下に渡した。

「先生？　どうしたの？」

双葉に声をかけられ、憂い顔のままポツリと言う。

「これ、やっぱり家族に渡しましょう」

「なんで？」

「だって……これ、おっちゃんの最後の希望だったと思うんです。本当は、家族のためにこれを使いたかったんですよ。でも、あの人たちは、そんなささやかな望みすら叶えてくれなかった。おっちゃんを迎えに来てはくれなかったんですから……」

悔しさを噛み締めながら言うと、双葉は黙りこくった。斑目も、じっと坂下を見ている。

「でも、このまま渡すのも癪《しゃく》です。おっちゃんの気持ちをわかってくれない奴らに、思い知らせてやりましょう」

坂下は気を取り直したように視線を上げ、二人を交互に見てから決意したように言った。

「こういうのはどうです？」

おっちゃんが残した宝くじを握り締め、坂下は二人に説明を始めた。

それから坂下は、診療所に私用でしばらく休みにすると貼り紙をして身を隠した。

再びやってきたおっちゃんの息子がそれを見て、慌ててどこかに連絡を入れているのがオペラグラスで確認できた。

「おーおー、必死だねぇ」

咥えタバコの双葉が楽しそうに言う。

三人は、診療所からさほど離れていない簡易宿泊所の二階の窓から交代でその様子を窺っていた。昼間の時間はがらんとしており、残っているのは仕事にあぶれた連中ばかりだ。誰もが横になり、酒の匂いを漂わせながらいびきをかいている。

「だけど先生、休診してよかったの？」

「ええ、今回は特別です。だって悔しいじゃないですか。病気のことを知っても会おうとすらしなかったのに、遺産があると知ったらそれを自分たちのものにしようだなんて」

言いながらおっちゃんが生前によく見せてくれた愛嬌のある笑顔を思い出し、あの家族に対する怒りを静かに燃やす。

坂下の計画はこうだった。

三人はしばらく別々に潜伏し、換金期限の当日に何喰わぬ顔で姿を現し、家族が襲ってきたところで時間ぎりぎりまで逃げ回り当選券を渡す。無事宝くじを手にした家族は、今度は時間と戦いながら死に物狂いで銀行に飛び込むのだ。当選金額が約二十万だということを知ったらどんなに憤慨するだろう。

誰のせいでもない。自分の欲のせいで無駄な苦労と期待をするのだ。

「あの家族は自分たちがいかに強欲かってことを思い知るべきです。あ、それから当選券は念のため斑目さんが預かってください」

「わかった。しかし先生も案外意地悪なんだなぁ。そう上手くいくか？」

そう言いながらも、斑目はまるでゲームでもしているかのように楽しそうに笑いながらタバコの煙を吐いている。

「先生はこの街を出てホテルにでも身を隠したほうがいいと思うんッスけど。一応日雇いふうに変装はしてるけど、大丈夫かな」

「普通のホテルに泊まる金なんてないですって。それに灯台もと暗しって言うでしょ。こっちのほうが安全ですよ」

そう言うと、坂下は自分の格好を見て少し自信ありげに胸を張った。わざと汚したズボンとシャツに青の作業用ジャンパー。帽子は深く被り、軍手をしたその姿はどこから見ても労働者ファッションだ。

だが、斑目や双葉に言わせると、服だけ取り替えても育ちのよさが滲み出ていてかえって浮いて見えるらしいのだが……。

「じゃあ、打ち合わせ通り夕方には連絡入れるから」

「あんまり出歩くなよ」

そう言って二人は姿を消した。

残された坂下は、双葉が置いていったオペラグラスでもう一度診療所の方を覗いてその様子を窺った。おっちゃんの息子が行ってしまった後は、人気《ひとけ》のない街の風景が広がっているだけで特にこれといった変化はない。

一度日雇い労働者ふうの男が診療所の近くを通り「あれ？」という顔で中を覗いてすぐに帰っていった。

坂下はオペラグラスを置くと、両手を頭の後ろで組み、畳の上に横になった。これから約十日間、一人で身を隠すことになる。

だが、宿泊所といっても寝るスペースしかないタコ部屋のような場所だ。さすがに一日じゅうその中でじっとしているのも辛く、また何日も部屋から出ないでいるのはかえって目立つだろうと、翌日は仕事が支給される時間には日雇い労働者が集まる寄せ場へと足を運んだ。双葉は身元がばれないかと心配していたが、診療所の患者とすれ違うことがあっても誰にも気づかれることはなく、それには坂下本人も驚いた。次の日は昼間のうちから角打ちに行き、一杯引っかけたりした。

そうこうしているうちに一日はあっという間に過ぎ、このままだと十日くらい身を隠すのはどうということのないような気になった。

だが、三日目の早朝。

診療所の前で、ホームレスふうの男が具合が悪そうにうずくまっているのに遭遇したのである。いったん部屋に戻り、坂下はオペラグラスでその様子を覗いた。

(まだ具合悪いんだろうか……?)

何度か遠くからその様子を眺めていた坂下だったが、昼になっても同じ姿勢のまま動かないのに見かねて角打ちで飲んでいる比較的酔いの浅い男に金を渡して様子を見てくるよう頼んだ。

男は戻ってくると再びカウンターの前に立ち、坂下に貰った金で焼酎を注文する。

「どうでした？」

「躰の具合が悪いんだと。診察してもらおうと思って来たんだろ？　あそこの先生はツケで診てくれるって噂だし。ここ最近閉まってるからなぁ、どこ行っちまったんだろうな」

実はここにいる。

何気なく呟かれた男の言葉に、坂下はやはり診療所を何日も留守にしたのはマズかったかと考え込んだ。金のない連中を受け入れてくれる病院がこの近くにはないことは、最初からわかっている。

念のため斑目に連絡を入れてから男の様子だけでも見に行こうと思ったが、あらかじめ聞いておいた宿泊所に連絡を入れるといないと言われてしまった。病人がいると思うといてもたってもいられなくなってきて、辺りに気を配りながら様子を見に行く。

「あの……どうかしたんですか？」

「は、腹が……痛くて……」

診療所の前でうずくまっていたのは、髭を生やしたホームレスだった。顔は黒ずみ、服もボロボロで強烈な臭《にお》いを発している。

「あ、……あんた……医者？」

「いや……とにかく場所を移動しましょう」

誰にも見られないうちにと辺りを見渡し、急いで男を別の場所に連れて行こうと手を差し伸べる。どこか人目につかない場所でなら、ゆっくり診ることができるだろう。

だが、肩を貸した瞬間——。

「やっと見つけたぞ」

「！」

聞き覚えのある声に、サッと血の気が引いた。そして、男がおっちゃんの息子だということにようやく気づく。

（しまった……っ）

そう思うが早いか、鳩尾《みぞおち》に一発叩き込まれ、坂下はそのまま意識を失った。

目を覚ますと、坂下は自分がコンクリートの上に寝かされているのに気づいた。しかも、ビニール紐《ひも》で後ろ手に両手を縛られている。

時間は午後の三時を過ぎた頃だろうか。汚れて曇った窓ガラスを通して差し込んでくる光は、夕刻を思わせる色に変わっている。

（あ、痛……っ）

硬い場所に横たわっていたからか、動くと躰じゅうがギシギシと音を立てた。回りを見渡すとどうやら元はクリーニング工場だったらしく、使われていない機材が押し黙ったままじっとしている。まるで、時が止まってしまったかのようだ。

「久し振りだねぇ。元気にしてたかい？」

「！」

顔を上げると、見覚えのある女がすぐ側に立っていた。相変わらず坂下の二倍の体重はあろうかという立派な体格だ。

『遺産よ遺産。あるのかい？』

おっちゃんの病気を知らせに行った時に投げつけられた言葉を思い出し、坂下は無意識に奥歯を噛み締め、女を睨み上げた。

「まさか本当に出てくるとはねぇ。金にもならない慈善事業をやる医者だって聞いてたから、もしやまだこの辺りをうろついてるんじゃないかって思って餌《えさ》をまいてたんだよ。やっぱりあの男が残した遺産のことを知ったんだね。でもあんたには渡さないよ」

女は勝ち誇ったように笑いながら、坂下を見下ろす。相変わらず強欲そうな顔をしてるなと思いながら黙って見ていると、向こうからもう一人、人影が出てきた。

おっちゃんの息子だ。

息子は坂下のすぐ横まで近づいてくると髪の毛を掴み、上を向かせて脅迫する。

「お目覚めのところすぐで悪いが、当選券の在処《ありか》を言ってもらおうか。まさかもう換金してねーだろうな」

「持って、ない」

「なんだと？　ンなはずがあるか。親父がテメーに宛てたこの手紙に、お守りの中にクジを入れてるって書いてあったんだよ」

その手には、くしゃくしゃにした便箋《びんせん》が握られていた。

「ある人物に預けてある」

「本当だろうね？」

「嘘だったらタダじゃおかねーぞ」

「嘘じゃない」

「じゃあ、そいつにここに持ってくるよう連絡しろ。かけてやるから番号を言え」

息子は手紙をいったんポケットにしまうと携帯を取り出し、坂下の頭をコンクリートに押しつけるようにして急かした。歯を喰いしばって耐えるが、腹に一発蹴りを喰らい、仕方なく宿の番号を言う。

定期連絡の時間は過ぎていたためか、斑目はすぐに電話に出た。

「斑目さん？」

『ああ、先生か。どこに行ってたんだ？　あんまりうろちょろするなって言ったろ』

聞き慣れた声を耳にし、「怒られるだろうな」と思いながらそっと打ち明ける。

「実は、……捕まってしまいました」

『！』

受話器の向こうで、斑目が息を呑んだのがわかる。

「あの……、実は診療所の前で人が苦しそうにしてたんで……」

『……せ、先生』

呆れたような声とともに、溜め息が聞こえた。頭を抱える斑目の様子が手に取るようにわかる。我ながら軽率だったと思いながらも、つい言い訳をしてしまう。

「だって診療所が開いてると思って必死で来てくれた患者さんかと思って。この辺りで金のない患者を診てやる病院は他にはないし、もし一刻を争うような病気だったら……」

だが説明しているうちに改めて自分が間抜けだということを思い知り、途中でやめた。

「……すいません」

『わかった。電話代わってくれ』

斑目の言う通り電話を代わると、息子はしばらく何やら話をしてから口許を歪ませて笑い「ふん」と鼻を鳴らして電話を切った。

「ここに来るんだってよ。ったく、面倒かけやがって！」

「——ぅぐ……っ」

いきなり鳩尾に蹴りを入れられたかと思うと無理やり立たされ、左頬に拳を喰らった。勢いでメガネが飛ばされ、滑るようにして床を転がる。這いつくばりながら坂下は息子を見上げるが、視界がぼやけてよく見えない。

ただ、唇の間からポタリと床に滴り落ちたのが血だということは、味でわかった。

「会ってやろうともしなかったくせに……っ、金は欲しいなんて、都合がいいんだな」

「威勢がいいなぁ」

「ぐ……っ」

鳩尾にもう一発。息が詰まり、その苦しさに足がふらついて地面に膝をつくが、髪の毛を摑まれて上を向かされる。

「俺さぁ、あんたみたいなの、すごくムカツクんだ。善人ぶりやがって！」

「――ぁう……！」

勢い余ってコンクリートに肩をぶつけ、骨まで響く痛みに顔をしかめると、痛みが消えないうちに今度は頭を踏みつけにされ、何度も体重をかけられる。滅茶苦茶《めちゃくちゃ》だ。

憂さ晴らしの道具にされながらそれに耐えていると、二十分ほど経って辺りが暗くなり、ようやく斑目が現れる。

「持ってきてやったぞ」

このまま素直に渡すのも悔しい気がしたが、散々殴られた躰は限界で正直ホッとする気持ちの方が強かった。斑目は床に転がっている坂下を見るなり、その眼光を鋭くする。

「先生、大丈夫か？」

大丈夫だと答えようとしたが、咄嗟に声が出ず、小さな呻《うめ》き声が漏れただけだった。

「無抵抗の人間を殴って楽しんでたのか？」

「そんなことはどうでもいいんだよ。ところで偽物じゃないだろうね？」

母親の言葉に斑目は「ふ……」と笑い、指で挟んだ当選券を軽く掲げてみせた。

「ああ、もちろん本物だ。ここに当選番号が載った公式サイトをプリントアウトしたものがある。見ろ。二十二万三千五百円、ちゃんと当たってるだろ？」

「！」

「二十二万三千五百円だ」

何も正直に金額まで教える必要はないだろうと思ったが、斑目には何か思惑があるようで、さも楽しげに続ける。

「いくらだと思ってたんだ？　あんまり期待しすぎるのもなんだなぁ」

「てめぇ、知ってて騙《だま》しやがったな！」

息子は坂下の方を見ると、悔しそうにしながらポケットから出した手紙を握りつぶしそれを床に叩きつけた。そして、坂下の胸倉を摑み拳を振り上げる。

殴られる——繰り返し痛めつけられた躰は暴力に怯え、坂下は反射的に身を縮こまらせて目を閉じた。だが次の瞬間、ガシャーン、とガラスが割れる音がする。

「——ぅわ……っ！」

どす、と鈍い音がして目を開けると、木材のような物を持った双葉が飛び込んできて息子に跳び蹴りを喰らわせたところだった。

「先生っ、大丈夫？」

「双葉さん……っ」

ケガをした腕を庇《かば》いながらも双葉は坂下を助け起こし、斑目が二人の前に出る。

「ンの野郎……っ！」

息子は殴りかかったが、斑目はいとも簡単にそれらをかわした。息子は次第に顔を赤くしていき、斑目の拳が顔面にヒットして地面に倒れ込むと、今度は這いつくばりながらもポケットを探る。

「今度はナイフか。芸がねーな」

「……ぶっ殺してやる」

「そんなこと言ってる余裕はあるのか？　自分の身を心配した方がいいと思うぞ」

「あ？　どういうことだよ？」

ナイフを構えた男を前にしているというのに、斑目は余裕の態度でタバコを取り出してそれに火をつけた。薄暗い闇の中に白い煙がゆるりと広がり息子のところまで漂う。

「この前先生を襲わせた男たち、今は必死であんたらを捜してるぞ。俺があんたらの目的を教えてやったからな。高額当選した宝くじの当選券を奪うためだったってのに、あんなはした金で雇うなんてそりゃあ気を悪くするよなぁ。『個人的恨みを晴らしたいから拉致《らち》してきてくれ』だ？　よく言うぜ」

はっ、と笑いながらさも愉しげに斑目が言うと、二人の顔色が変わった。

「こいつがちょっと回りをウロついただけでこんだけやられたんだ。あんたらはどんな仕打ちを受けるだろうな」

双葉の包帯に目をやる斑目に誘われるように、二人もそこに視線を移す。

「俺は慈悲深いから手加減してやってるが、あいつらはそういかないぞ。路上強盗やるような連中だからな。人を殴り殺すのなんて屁《へ》とも思っちゃいない。ほら、これ持ってとっとと消えろ」

　物騒な言葉にさすがに足が竦んだのか、二人はそれでも床に放られた当選券を拾うと踵を返して逃げ出した。足音が工場の中に響き渡り、やがてそれは消える。

「あ～も～先生。どうなるかと思ったよ」

　双葉はそう言い、ビニールの紐をライターの火で炙《あぶ》って切った。数時間ぶりに自由になった坂下は手首をさすり、双葉に礼を言ってから斑目を見上げる。そして、差し出されたおっちゃんの手紙を受け取った。

「別行動を取ったのは、雇われた奴らを捜し出すためだったんですね」

「ま、換金期限ぎりぎりで渡すっていう先生が考えた仕返しもよかったけどな、それだけじゃあ物足りないから、もうちょっと色つけてやろうと思ってな……」

　斑目の言い方に、自分が考えたやり方は子供の仕返しレベルだったのだと思わされ、少し恥ずかしくなる。その上こうも簡単に拉致されて人質にされるなんて愚かとしか言いようがなく、ひたすらバツが悪い。

「どうせ馬鹿だと思ってるんでしょう?」

「ああ、何が『患者かと思った』だよ。ちょっと考えりゃあ囮《おとり》じゃないかってことくらいわ

かるじゃねぇか。ったく、病人って聞くと後先考えずに動くんだから」

「……悪かったですね」

拗《す》ねるように呟く坂下に斑目は「仕方ないな」と呆れた顔をし、向こうに転がっている坂下のメガネを拾って戻ってくる。

「でも、そういうところは嫌いじゃないぞ」

前にも似たようなことを言われたなと思いながら見ていた坂下だが、メガネをかけてもらって輪郭がはっきりすると、おっちゃんの手紙に目を通し始めた。

手紙には、これまでのお礼と宝くじを好きに使ってくれということが書いてある。

思わず涙ぐみ、鼻を啜って手紙を大事にポケットにしまった。

「よかったな。あんた宛の手紙を手に入れることができて」

顔を上げると、斑目が優しげな視線を注いでいるのがわかった。そのなんとも言えない眼差しに思わず見惚れ、そのままじっと見つめてしまう。

「なぁ〜んかイイ雰囲気」

「！」

双葉がいるというのに何をぼんやりしているんだと慌てて目を逸らし、メガネの位置を正した。そして取り繕うように立ち上がって二人を促す。

「か、帰りましょう」

「先生、何赤くなってんッスか？」

「赤くなってないですよ！」

「ムキになっちゃって。可愛いんだから」

「……っ」

年下の男にからかわれ、ますます顔が熱くなる。斑目をチラリと見ると、意味深な笑みを口許に浮かべていた。


鈴虫が鳴いていた。

秋の夜長と言うが、やはりこの季節は過ごしやすく、坂下はゆっくりとした気持ちで万年筆を走らせていた。仕事が残っていなければ、コーヒーでも飲みながら読書に耽《ふけ》りたい気分である。

「よぅ、先生」

声をかけられて顔を上げると、診察室の入口に斑目が立っていた。

「なんだ、斑目さんですか」

「なんだはねーだろう。冷てぇな」

いつものようにふらりとやってきた斑目は、タバコを吹かしながら置いてあった丸椅子に座った。またどうせくだらない下ネタでも披露しにきたんだろうと相手にしないでいたが、一向に猥談《わいだん》を始める気配はない。

「なんか用ですか？」

「仕事終わったのか？」

「ええ」

「ほら、飲めよ」

斑目はそう言って缶コーヒーを投げてよこした。素直にそれを受け取り、プルトップを開ける。

「どうも」

一口飲むと軽く溜め息をつき、ぼんやりと外の音に耳を傾けた。斑目と共有するこの時間は穏やかで、なぜこんなに落ち着くのだろうと不思議だった。しばらくこの沈黙を手放したくないなんて思う自分が信じられず、いったいどうしてしまったんだと考える。

しばらく二人は黙っていたが、坂下はふと思い立ち、真剣な表情で斑目に向き合った。

「ねぇ、斑目さん」

「なんだ？」

「どうして医者をやめたんですか？」

聞いていいものかと迷っていたが、ずっと気になっていたことだった。双葉の傷を縫った時に見せられた斑目の姿が目に焼きついて忘れることができない。こんな身近にあれほどの素晴らしい技術を持っている人間がいることすらいまだに信じられないくらいだというのに、使わないなんて宝の持ち腐れとしか思えないのだ。

「ねぇ、どうしてなんです?」

「さぁな」

言いたくないのか、斑目は窓の外に目をやり、しばらくタバコを吹かしていた。そして独り言のようにぽつりと言う。

「ただ、昔の俺は最低だった」

「……え」

懐かしそうな憂い顔に、ドキリとなった。

「自分の力を過信してたんだ。ゲーム感覚だった。難しければ難しいほど燃えたよ。人の命の価値なんて忘れちまってな。ふと気がついたら、俺の回りには誰もいなかった。俺には、人の命を扱う資格なんてないんだよ」

「そんな……」

「先生こそ、儲かりもしない場所で医者やってるじゃねぇか。俺にはそっちの方が不思議だがな。なんでここで医者をやってる?」

自分のことを言われると、何も言い返せなかった。確かにこんなところで大して儲かりもしないことをやってなんの得があるのかと聞かれれば、返答に困る。わかることと言えば、診療所に集まる連中がそう悪い人間ではないということだけだ。

口は悪いし喧嘩はする。治療をしようとして、時々殴られることすらあるのだ。特にアルコール依存症の患者などはいつキレるかわからない者も多く、はじめの頃は何度か危険な目にも遭った。だが、坂下はこの街が好きだった。

どうしようもない連中が溢れ返ってはいるが、時々ふと信じられないようなことが起きる。特診扱いで治療をした患者がそのまま姿を消すこともあるが、忘れた頃に律儀に治療費を返しにきたこともあった。また、世話になったお礼だと言ってスッポンと日本酒をぶら下げてやってきて、他の連中と一緒に待合室で宴会を始めた男もいた。

ここに来てから体験した非常識な男たちの行動を思い出し、心がほっこりとなる。

「お金に換えられないものが、あるから……かな？」

言ってしまってから、なんて恥ずかしい台詞なんだと我に返った。だが斑目は少しも馬鹿にした様子はなく、優しげに笑う。

「ま、確かにな。俺も先生に会えた。あのまま医者やってたら、あんたみたいなのには巡り会えなかっただろうな」

「またくだらないことを……」

その台詞よりも眼差しに気恥ずかしさを覚え、顔が火照《ほて》っているのを隠すために空き缶を捨てに流しへ行った。そして中を洗って逆さにして置く。目許が熱く、早く冷めてくれないかと思うが収まってくれない。

「冗談で言ってると思ったのか?」

「!」

斑目がすぐ後ろに立っていた。

振り向くと顎に手をかけられ、上を向かされる。いきなりのことに頭が働かず、追いつめられた格好のまま見つめ合った。

「あんたみたいに意地っ張りで世間知らずな男は、ほっとけない」

「…………」

目を逸らさなければと思うが、斑目の熱い視線に指一本自由に動かすことができない。

「俺のテクに惚れたんだろ?」

「テクって……」

「外科手術のだよ」

何を勘違いしてるんだ……、と目で嗤う斑目に今自分が想像したものを見透かされている気がして、恥ずかしくなる。そしてなんとか目を逸らし、視線を足元へ落とした。

「か、からかうのはやめてくださいよ」

「なんなら、また見せてやってもいい」

「……っ」

「見たいか？」

そう囁かれ、背中がぞくりとなった。その言葉はなぜか卑猥な響きを伴って聞こえる。

「先生になら、見せてやってもいいぞ」

「何を……です」

「だから、アレだよ」

手に手を重ねられ、腰を引き寄せられたかと思うと斑目の中心にギュッと押し当てられた。そこはすでに硬直しており、その逞しさに二度の熱い交わりを思い出させられる。

「！」

「見せてやろうか？」

耳元に唇を押し当てて戯れにそんなことを囁く斑目を恨めしく思うが、抱き寄せられて男らしい骨格や筋肉を感じさせられ、斑目が放つ男の色香に酔わされていた。上がる息を抑えようとするがそれはどだい無理な話で、このまま流されて、好きにされてもいいかもしれないなんて思ってしまうのだ。

躰が、心が、甘い期待を抱いてしまう。

そして、ジ……、と斑目が自分のズボンのファスナーを下ろす音が聞こえた。

（……あ）

坂下は思わず自分を貫いたあの隆々としたものを思い出してしまい、目許を染めながら辺りに視線を漂わせた。衣擦れの微かな音がし、斑目が下着の中からそれを出したのが気配でわかる。

「ほら、見ろよ」

「ちょ……っ、あの……」

「見たいだろ？」

後退りしたいが、すでに流しのところに追いつめられていてはどうにもならない。

「ま、斑目さん……っ」

「ほら。先生」

あそこを取り出して「見ろ」と催促するなんてこれではヘンタイだと思うが、こんなふうに迫られて感じている坂下も坂下である。男としての魅力を武器に本能に直接訴えかけられ、その手の中に堕《お》ちる寸前だ。

「先生のそのきれいな指で、いじってくれよ」

斑目はそう言って坂下の手をそこへ持っていき、勃起《ぼっき》したものを握らせた。そして「こうするんだ」と教えるように、上下にゆっくりと動かし始める。

「……っ」

おずおずと目を合わせると斑目は余裕の笑みを浮かべたまま、坂下をじっと見つめ返した。そして恥ずかしがっている坂下の様子を愉しんでいるようにぺろりと唇を舐め、観察するのだ。

触らせ、扱かせながらも余裕の表情の斑目に「なんて人だ」と思うが坂下も限界だ。

「な、先生のも見せてくれよ」

しゃがれ声で囁かれ、ズボンのファスナーに手を伸ばされ、素直に応じる。

だが、その時。

「あーーーーっ！　斑目さんが先生に破廉恥《はれんち》なことをっっっ！」

「——っ！」

双葉の声が診察室に響いた。

我に返ると、口を開けた双葉が坂下たちの方を指差して見ているではないか。硬直する坂下だったが、斑目は落ち着いた態度で振り向いて言う。

「なんだ、双葉か。せっかくのところを邪魔するなよ」

「ま、ま、斑目さんっ。それはさすがにヤバいっすよ！」

坂下に迫る男を指差し、双葉は口をパクパクさせた。さすがにこの状況で続けるわけにもいかず、斑目は仕方なくそれをしまい、ファスナーを上げる。

間一髪、間違いを犯す寸前で双葉に助けられた坂下はくるりと後ろを振り向いて流しの縁に両手をついた。そしてがっくりと肩を落として「何をやってるんだ」と独りごちる。

(あ、危なかった……)

雰囲気に呑まれそうになった自分が信じられない。

「先生、大丈夫だったッスか？　斑目さん鬼畜なんだから気をつけなきゃ駄目ッスよ」

斑目を押し退けて坂下を庇うように横から抱きついてくる双葉に、思わず「はは……」と愛想笑いを浮かべた。自分もその気になっていたなんて、口が裂けても言えない。

鬼畜だ、人でなしだ、と斑目を責める双葉の声を聞きながらゆっくりと振り返ると、一人罪を被った男は坂下に向けて「続きは今度な」と目で訴えるのだった。

根無し草狂詩曲

街に、春の気配がやってきた。

まだ寒さは厳しいが、出会いと別れの季節がすぐそこまで近づいていた。年季の入ったオンボロ診療所には、仕事にあぶれた日雇い労働者たちが毎日のようにどこからともなく集まってくる。今日は、見慣れない男が診察にやってきた。

この街に流れ着いて間もないのか、坂下《さかした》の顔を見るなり不機嫌そうな顔をすると、男は腹をぼりぼりと掻《か》いてみせる。

「なんだぁ？　あんたが先生か？　こんな弱っちょろいにーちゃんに、なんかできんのか？」

「嫌なら帰っていただいても構わないんですがね。保険証は？」

「ほらよ」

めずらしく保険証を持った人間が現れたかと、坂下は男が出したそれを受け取り、中身を確認した。どうやら、偽物ではないようだ。

だが、そう簡単には騙《だま》されない。

「ところで、小林《こばやし》さんでしたよね」

「あ？　だからなんだ」

「これ、あなたの保険証じゃないでしょう」

「何を言いやがる。てめぇ。いい加減なことをぬかすと……っ」

「だって名前が違います。保険証の名前は大林《おおばやし》さんですよ」

「！」

男は図星を指されて一瞬たじろいだが、顔を真っ赤にして怒り始める。

「拾ったんだよ！　文句あんのかぁ？」

そう言って椅子《いす》から立ち上がり、それを思い切り蹴飛《けと》ばして坂下の胸倉を摑《つか》んだ。だが、この街の男たちにすっかり慣れた坂下は、まったく動じない。

「他人の保険証を使うんなら、名前くらい覚えてきてくださいよ」

「じゃあ覚えたらいいってのか？」

「駄目に決まってるじゃないですか。何言ってるんです。顔覚えましたから、あなたブラックリストね。今度他人の保険証を持ってきても無駄ですよ。それから、この保険証はこちらで警察に届けておきますから」

自分を少しも怖がらない若い医師に、男はわなわなと拳《こぶし》を握った。

「て、てめぇ……、人を馬鹿にする……——へーっくし！」

「ほら、鼻擤《か》んで」

ティッシュを渡すと、男は「びーっ」とすごい音を立てて鼻を擤んだ。ここに来る連中の行儀が悪いのは、今に始まったことではない。

「うちは特診でも診ますから、金がない時は正直に言ってください」

「え？　タダなのか？」

「タダじゃないですよ。ある時払い。でも逃げられないよう身上書は取ってますからね」

「へぇ」

診察してもらえるとわかった途端、男はおとなしくなった。先生イイ奴だなぁ……、なんて言いながら、今自分が蹴った椅子を起こし、ちんまりと座る。

「で、どんな具合なんです？　くしゃみしてましたけど」

「いや、風邪《かぜ》じゃなくてこれなんだよぉ。ほら、見てくれよ。先生」

男はそう言ってベルトに手をかけて立ち上がり、下着ごと一気にズボンを膝《ひざ》まで下ろした。

「！」

ご立派なブツが、股間《こかん》のところでぶらんぶらんと揺れている。それを見て、坂下は難しい顔でこめかみを押さえた。

「……あのねぇ。いったい何したんです？」

「女ぁ喜ばしてやろうと思ってな。ちょっと歯ブラシの柄《え》を……」

男のナニは、通常の二～三倍に腫《は》れ上がっていた。もちろん勃起《ぼっき》しているわけではない。

ヤクザはよくナニに真珠を入れるが、刑務所にいる連中の中には、長年の服役生活の間に歯ブラシの柄を真珠のように丸く削り、皮の中に入れ込む者もいると坂下は何かで読んだことがある。確か、ムショ経験者の記事だった。

どこで話を聞いたのか、男はそれを実践したのだ。腫れ上がって当然である。

「バイ菌が入ったんでしょうね。もう、ほんと無茶するんだから」

「俺は金がないから真珠は無理だからよぉ」

「馬鹿なことはしないでくださいよ。腐って落ちても知りませんよ」

そう脅しをかけると、男は「先生ぇ〜頼むよぉ〜」と情けない声をあげた。

「とにかく、診察台に寝てください」

そう言って、坂下は傷の状態を確認し始めた。

膿《うみ》はたまってないが、熱を持っていた。女性を悦《よろこ》ばせるためとはいえ、麻酔もせずによくこんなことをしでかしたものだと呆《あき》れながら治療を施す。中に入れた異物を出そうかと思ったが、すでに傷口が塞《ふさ》がりかけていたのと、男のたっての希望もあって消毒と化膿《かのうど》止めの注射をするに留《とど》めた。

そして一通り治療が終わると手を洗い、二度とこんなことをしないよう、こってりと説教をしてから男を解放する。

「じゃあ待合室に誰《だれ》かいるだろうから、書類の書き方を教えてもらってくださいね。塗り薬を出しておきますから、ちゃんと毎日つけるように。あと清潔にね。腫れはじきに治まります」

「先生、ありがとな〜」

「清潔に保ってくださいよ。でないと腐って落ちますからね」

最後にもう一度そう脅しをかけ、坂下は急いでカルテを書き上げた。そしてすぐさま、次の患者を呼ぶ。

入れ違いに似たようなのが入ってくると、椅子を九十度回転させ、男に向き合った。

「おぅ、先生。久し振りだな。元気してたか？」

男は、よくここに宴会をしに来る五郎さんと呼ばれているもと鳶《とび》職人だった。今は、日雇いの仕事をしながら、毎日ふらふらと飲み歩いている。

「ええ、元気ですよ。このところ見なかったですけど、今日はどうされました？」

「いや……、実は相談なんだけどよぉ」

五郎は恥ずかしそうにそう言いながら、ポケットの中から真珠大のプラスチックの玉を取り出した。嫌な予感がしてその顔を見ると、少し照れ臭そうに頬《ほお》を赤くしている。

「これ、あそこの中に入れると女が悦ぶらしいんだわ。ほら、ヤクザが真珠入れてるだろうが。あれと同じでよ」

流行《はや》ってるのか……、と坂下は頭を抱えたくなった。信じられないが、ここの男どもはこういうことを本気で言うのである。

「な、先生。ちょーっと麻酔してよ、皮のところをメスで切って入れてくれれば……」

――ゴッ。

思い切りゲンコツを入れてやる。

「痛ってぇ！　そんな力一杯殴ることねーじゃねぇか」

「殴られるようなことを言うからですよ」

「なんでぇ、ケチ臭ぇこと言わねぇで……」

「うるさいっ！　はい、次っ！」

涙目になって両手で頭を押さえる男を冷たい目で一瞥《いちべつ》し、坂下は蹴りを入れんばかりの勢いで追い払ってやった。


午前中の診察が終わると、坂下は「ふぅ」と息をついてタバコを咥《くわ》えた。

ここに診療所を構えてから約一年。相変わらず診療所に金はない。男どもは乱暴で喧嘩《けんか》は絶えない。今のような常識外れの男も次から次へとやってくる。もう随分と慣れたが、我ながらよくこんなすごいところへ住み着いたもんだと思うこともある。

自分が無事に生きていることすら、不思議なくらいなのだ。

しかも、今日は午前中だけでも、歯ブラシの柄を丸く削ったものを持ってきた人間が三人もいた。やはり、誰かがそういう話を振りまいたようだ。

真珠ブームが終わるまで、この状況はしばらく続くだろう。

（まったく、何を考えてるんだか……）

毎度のことながら、非常識なことをする男たちだと感心する。

一本灰にし、坂下は吸い殻をアルミの灰皿に押しつけた。そしてアイスコーヒーでも飲もうと立ち上がったところで、さらに頭の痛くなるような男が顔を出す。

「よぉ、先生」

「またあなたですか。仕事は終わったんですか？」

うんざりとした顔でそう言うが、斑目《まだらめ》は窓を飛び越えて中に入ってくる。

「休憩時間か？　なぁ、先生。今日は俺が先生のカラダをじっくり診てやろうか？」

「斑目さんねぇ……」

「白衣ってのはイイよなぁ。それに、ここは色々と道具も揃《そろ》ってるし……」

下ネタが挨拶《あいさつ》代わりになっている男は、坂下の首にかけてある聴診器を奪ってそれを耳にかけ、白衣の中に手を忍ばせた。そして、シャツの上から敏感な部分にそれを這《は》わせる。

斑目の指はささくれていて、いかにも労働者の手だった。だが、その無骨な手は思いのほか優しい。

思わず、流されそうになる。

「ちょ……っ。や、やめてくださいよ」

身を捩《よじ》って逃げようとしたが、斑目は坂下を横抱きにしてそれを許そうとはしない。シャツをかきむしるようにしてまさぐられ、髪の毛にキスされ、息が上がる。

「な、先生。今日は俺がお医者さん役をやってやろうか？」

斑目のしゃがれ声は、こんな近くで聞くとなぜだか妙にセクシーだ。

「心拍数が上がってるぞ」

「や、やめてくださいって」

力ずくで押さえ込まれているわけではないというのに、どうしてまともな抵抗ができないのか——自分のことながら、それが不思議だった。

(何が『お医者さん』だ。……この、ヘンタイ……ッ)

心の中でそう悪態をつくが、それでも状況は悪くなる一方だ。微《かす》かに触れる斑目の厚めの唇に敏感な肌がぞくりと反応し、体温が上っていく。

だが、二人が揉《も》み合っていると、今度は双葉《ふたば》が窓から顔を出した。

「わ、また斑目さんが破廉恥《はれんち》なことをっ！」

「！」

「よぉ、双葉か。俺と先生が乳繰り合おうってのに、邪魔するなよ」

「な、何馬鹿なことを言ってんですか！」

坂下は慌てて聴診器をひったくり、平静を装いながら中指でメガネの位置を正した。

内心「助かった」と思いながら斑目を見ると、こんな昼間っから人の躰《からだ》に平気で火をつけた男は、反省の色を見せるどころか愉《たの》しそうにニヤリと笑う。

（もう……なんでこの人はこうなんだ）

この男が自分が憧《あこが》れていた伝説の外科医だと思うと、虚《むな》しくなってきた。

それがわかったのは、ほんの数ヶ月前。

双葉が腕に大ケガをした時、手首の捻挫《ねんざ》のせいで治療できない坂下の代わりに斑目が手術をしたのだが、その神憑《かみがか》り的な技術に見惚《みと》れ、尊敬した。しかも斑目は、そのあまりの技術のためか、人の命の尊さを忘れ、テクニックに溺《おぼ》れてゲーム感覚で難しい手術に挑んでいた過去の自分を恥じ、メスを握ることをやめたと言った。そんなところも斑目らしくて、坂下はこの男にどうしようもなく魅《ひ》かれていることを自覚せずにはいられなかった。

このセクハラ紛《まが》いのコミュニケーションと下ネタがなければ、もう少し素直に尊敬できたものを……。

と、その時――。

『なんじゃこの老いぼれがぁ！　いてててて……。嚙《か》むな、殺すぞ！』

「！」

待合室から、男の怒号が聞こえた。

「喧嘩か？」

「みたいっすね」

坂下は「またか……」と、溜《た》め息《いき》混じりに待合室に向かった。どうしてここは気の短い連中が多いのか――毎度のことながら愚痴の一つも言いたくなる。

「ちょっと！　喧嘩するなら出てってくださいよ！　何度言ったら……――っ！」

ゲンコツの一発でもかましてやろうと勢いよくドアを開けた坂下だったが、目にした光景に思わずフリーズした。

熊《くま》のような大男が、手に何かをぶら下げている。猫の子のように首根っこを摑まれているのは、小さな砂かけババァ――いや、普通のお年寄りだ。

「はっ、晴紀《はるき》ぃ～」

「ば、ばーちゃん！」

ばーちゃん。

その言葉に、診察室にいる斑目や双葉を始め、待合室にいた男どもが坂下に注目した。

「晴紀ぃ～。こん男がわしのことを犯そうとするとよ～」

「な、な、なんでぇ。このクソババァ。でたらめぬかすな！」

「クソババァじゃなか！　わしゃあフサって名前があるとたい！」

男が拳を振り上げて脅かすと、「ひゃ～」とわざと怖がってみせる。坂下は拳を握り、ツ

カッカと歩いていった。

——ゴッ。

坂下お得意のゲンコツが、男の頭に命中する。

「痛ってぇ、何すんだよ、このクソ医者！　こんな妖怪《ようかい》みたいなババァなんか犯すか！」

「何がババァですか！　祖母を愚弄《ぐろう》するのは俺が許しません！」

「でもこのババァが」

「でももへったくれもありません！　なんならこの間の治療代、今すぐに請求してもいいんですよっ？」

「——ぅ……」

その勢いに圧倒され、男はフサをゆっくりと床に置いた。そして両手を挙げてホールドアップの体勢を取る。すると坂下は、おとなしくなった男に「それでいいんです」と冷たい視線を送り、今度は優しい顔になってフサを見た。

「ばーちゃん、いきなりどうしたの？」

「晴紀に会いたくなってなぁ。田舎《いなか》から出てきたとよ～。そしたらこん男がぁ～」

おーいおいおいと泣きながらしがみついてくるフサを、しっかりと抱き締めた。こっそりと男に「あかんべ」をしているが、坂下は気づかない。

「信晴《のぶはる》たちが人を老人扱いして、一緒に暮らそう言うんじゃ～」

「父《とう》さんたちが？」

「あの馬鹿息子《むすこ》、今さらなんじゃ。あんな鬼嫁がおるところには行きたくなかよ～」

その言葉に、坂下は表情を曇らせた。

昔から、祖母と父親たちは折り合いが悪かった。損得でものを考えるような父親たちとは違い、フサはいつでも弱い者の味方だった。先に他界した夫の平八《へいはち》も、自分の得にはならないことばかりし、それでいくらか財産を喰《く》いつぶしたとも聞いている。

だが、祖父の葬式の時はすごい数の人間が集まった。

頑固者で自分の考えを曲げず、損ばかりしていた夫婦だった。そして、平八とそんなふうに生きてきたフサだからこそ、坂下がこの診療所を構えようとした時に保証人になってまで応援してくれたのだ。

「じゃあ、しばらくここにいる？」

「晴紀はばーちゃんがおっても邪魔じゃなかと？」

「何言ってるんだよ。ばーちゃんと一緒なら、俺も嬉《うれ》しいよ」

そう言うと、フサは目に涙をためて喜び、再び坂下に抱きつく。

「晴紀ぃ～。やっぱりばーちゃんの味方は晴紀だけよ～」

「じゃあ二階に行こうか。狭いけど俺の部屋があるから。今、ここで暮らしてるんだ」

坂下は、子供のような顔になってフサと手を繋《つな》いだ。いつも眉間《みけん》に皺《しわ》を寄せて自分よりも年上の男どもを叱《しか》り飛ばしている男が、にこにこと笑いながら階段を上っていくのだ。

そのめずらしい光景に、そこにいる全員が唖然《あぜん》としたまま二人を見送る。

「斑目さん。なんか強烈なのが来ましたね」

「おもしれーばーちゃんだな」

斑目は腕を組んだまま、クックック……、と肩を震わせて笑った。

フサは、あっという間にこの街の連中と仲良しになった。

坂下を手伝おうと受付に座り、ここにやってくる人間の相手をしている。身上書の書き方も、常連の顔もすぐに覚えた。もともと酒好きであけっぴろげな性格だ。昼間っから酒を持ち込んでどんちゃん騒ぎをするのが好きな、ここの男どもと気が合わないはずがない。

先ほどから聞こえてくる楽しげな声に、坂下の表情も自然に柔らかくなる。

「待合室で何やってるんです?」

「あー。先生のばーちゃんがみんなと宴会だろ。午前中の患者は俺で最後だし」

「そうですか」

そう言って、喧嘩でケガをした男の手の包帯をほどいた。

いつものことだが、包帯は薄汚れていて真っ黒だ。傷口はまだ完全に塞がっていないというのに、どうしてここの男どもは『清潔に保つ』という簡単なことができないのかと、いつも不思議でならない。だが今日は機嫌がすこぶるよく、小言も少なめに消毒をし、新しい包帯に替えてやる。そして、男が不満げに自分を見ているのに気づいた。

「なんです？」

「先生はよぉ、俺たちがなんかやると怒るくせに、ばーちゃんは怒らないんだな」

「あなたたちは騒ぐと物を壊すでしょう。ばーちゃんを一緒にしないでくださいよ。——はい。治療は終わり。とにかく清潔にしてくださいね。『清潔』ですからね！」

しつこいくらいに念を押すと、男は母親にでも怒られたような顔をしながら「へいへい」と返事をする。本当にわかってるのか……、と治療室を出ていく男の背中を見送り、坂下は椅子の背もたれに躰を大きく預けた。

（あー……、疲れた）

大きく伸びをし、首をコキコキと鳴らす。

待合室からは相変わらず笑い声が聞こえていて、楽しそうだった。それに誘われるように様子を覗《のぞ》きに行くと、フサを中心に輪ができ上がっている。いつもは診察室の裏庭で油を売っている斑目と双葉が今日はこちらの方にいるのも、フサに興味を示したからだろう。

「おう、先生」

「どうも」

坂下は白衣のポケットに手を突っ込んだまま、輪の方へと近づいていった。そして、賭博《とばく》好きな男の横に花札が置かれているのに目が行く。

「また花札やってたんですか？　お金は賭《か》けてないでしょうね」

「なんだよ、ケチ臭ぇこと言うな」

「賭場《とば》開いてるなんて噂《うわさ》が立ったらどうするんですか？　責任取ってくれるんですか？」

「でも先生。そういや、ばーちゃんも昨日ここで賭博しよったで？」

「そーやそーや。ばーちゃんもしよったな？」

「わしは知らーん」

フサはつーん、とそっぽを向いた。

「知らないって言ってますよ？」

「嘘《うそ》こけ、このババァ。えこ贔屓《ひいき》はいかんぞ、先生。えこ贔屓は」

「俺が証人や。昨日やりよったで？　この目で見たんやって。な、斑目も見たやろ？」

「はは……。どうだったかな」

「ブンキチさん。視力落ちたんじゃないですか？」

「なんやそら！」

途端に沸き起こるブーイング。口々に罵《ののし》られるが、知ったことではない。

（だって、ばーちゃんは特別なんだからいいんですよー）

心の中で「べー」と舌を出し、フサの左側を陣取っている男を押し退《の》けてそこに座った。

「賭博なんてしてないもんねー？」

「しとらん、しとらん。わしゃあ、なぁ〜んも覚えとらん」

咥えタバコの斑目が、いけしゃあしゃあと言ってのけるフサを見てクッ、と喉《のど》の奥で笑った。斑目もこの強烈な年寄りのことを、すっかり気に入ってしまったらしい。

「あ。そうそう、晴紀。お土産《みやげ》買ってきとったのを忘れとってな。——ほら」

フサは思い出したようにそう言い、着物の袖《そで》の中から四角い缶を取り出して、ガラガラと振ってみせた。

佐久間《さくま》ドロップ。

子供の頃、駄菓子屋でよく買ってもらったものだ。

「わ、懐かしい。ありがとう、ばーちゃん」

坂下はそれを受け取り、すぐさま蓋《ふた》を開けて一つ口に放り込んだ。口の中で転がすと、メロンの味が広がる。

「あ。美味《おい》しい」

「そうね？　そんならよかった」

嬉しそうにするフサに、坂下は笑顔で返した。

実は、これを食べるのには昔から順番が決まっていた。苦手なハッカはフサに食べてもらい、メロンといちごを先に、次にぶどうとレモンに手をつける。そして、一番好きなオレンジ味は最後に取っておくのだ。オレンジばかりが残ったドロップの缶は、坂下にとって大事な大事な宝物だった。

一度それをどこかに置き忘れて、フサに泣きついたこともある。

「ハッカはばーちゃんが食べようかね」

「うん」

昔のようにガラガラと音を立てて手のひらにドロップを出すと、ハッカだけを選《よ》りすぐってフサに渡す。するとフサは、ティッシュにくるんで着物の袖の中にしまった。

そういえばお年玉をくれる時も、フサはお金をティッシュで包んでたなと、懐かしいことを思い出して表情が柔らかくなる。

そして、そんな坂下を見ていた男たちは、口々にこう言った。

「やっぱばーちゃんの力はすげーなぁ。先生がにこにこ笑っとるで？」

「俺たちには厳しいのになぁ」

いつも非常識なことをして叱られている連中だ。そう言いたくなるのも、当然だろう。

「でもいいよなー。ばーちゃんは先生に特別扱いされて。先生、俺らにはめっちゃ厳しいんっすよ？　ばーちゃんからも言ってやってくださいよ」

双葉がそう言うと、フサは自慢げな顔をする。

「そりゃあ、わしは晴紀のばーちゃんやけんなー。わしと仲良くしとったら特別扱いしてもらえるぞ。なんなら今夜、飲みに行くか？」

「あ、いいっすねー。ね、先生もどう？」

「う～ん、今日はちょっとためてる仕事が……。ばーちゃん、行きたいなら行ってきていいよ？　すいませんけど双葉さん、帰りはここまで送ってもらえますか？」

「オッケー。じゃあ今日は俺が先生の代わりにお酌してあげますね」

双葉の言葉に、フサは嬉しそうに笑った。

その日の夜。フサは双葉を始め、仲良くなった日雇いの連中と一緒に角打《かくう》ちに飲みに出てしまった。ここ最近ずっとフサと食事をしていたため、一人寂しくカップ麺《めん》を啜《すす》るのも久し振りだった。診療所はシン……、と静まり返っており、開け放った窓の外から涼しい風が入り込んでくる。静かな夜だ。

「よぉ、先生」

「あ、斑目さん」

斑目は、今日はちゃんとドアから入ってきた。そして坂下の机に尻《しり》を軽く乗せ、ボールペンで手遊びを始める。

お互い何も言わないが、この静まり返った空間はなぜか心地好《ここちよ》く、斑目に見守られながら請求書の整理をした。それが終わると、今度はカルテに手をつける。

二人ともしばらく黙っていたが、ふと思い出したように坂下は顔を上げた。

「ねぇ、そう言えば双葉さんっていくつなんですかね？　二十四〜五と思ってましたけど、本当はもっと若いんですかね？　なんか双葉さんがばーちゃんと話してると、いつもより若く見えてくるんですよね」

「あいつは色々経験してるけど、まだ二十歳《はたち》越えたくらいだろ？」

「へぇ、そうだったんですか。いろいろ知ってるから、そんなに若いと思ってませんでした。ところで、斑目さんは一緒に飲みに行かないんですか？」

「ああ。先生と二人きりになるチャンスじゃねぇか」

その言い方に危険な空気を感じ、チラリと一瞥する。

「俺のことも、ばーちゃんと同じくらい愛してくれるといいんだがなぁ」

「またくだらないことを……」

斑目を押し退け、坂下は棚の中にカルテをしまい始めた。名前順にファイルしていき、いつでも取り出せるよう整理する。斑目の存在を意識しながら知らん顔を決め込んでいると、気配が背後にやってきて、その手が戸棚の扉をすっと閉じた。

「！」

斑目の息が、うなじにかかる。

「先生、またドロップ舐《な》めただろう？　いちごの匂《にお》いがするぞ」

「……っ！」

「甘い匂いのする可愛《かわい》い口で、俺のも舐めて欲しいんだがな」

「ちょ……っ」

「俺の愚息が先生のことが恋しいって、夜な夜な寂しがって涙を流すんだよ」

下品な言葉を囁《ささや》かれ、ムッとして振り向くが、斑目はそんな坂下を愉しそうに見下ろしながら白衣の中に手を入れて腰を抱いた。そしてメガネを外す。

「や、やめてくださいよ。ばーちゃんがもうすぐ帰ってくるんですから」

「まだ大丈夫だ。双葉が足止めしてる」

「……っ、まさか……最初からそれが目的で……」

「双葉も、友達甲斐《がい》のある奴だよなぁ」

追い込まれ、逃げ場を奪われた。そして手を取られてズボンの中の物を直接握らされる。

左手に抱えていたファイルがバサバサ……ッ、と床に落ちた。

「ま、斑目さ……っ」

「な？　泣いてるだろ？」

斑目の中心はすでに怒張し、先端からは先走りが溢《あふ》れていた。自分を二度抱いた男は、相変わらず雄々しくて、嫌でもあの夜のことを思い出させられる。男との行為をまだ素直に受け入れられない坂下だが、逞《たくま》しい腕に抱かれると、徐々に甘い毒に侵されていく。抗《あらが》おうとしても、わずかな理性などすぐに溶かされてしまうのだ。

（この人には……常識とかないのか）

坂下は、困ったような顔で目を逸《そ》らした。恥ずかしげもなく自分の状態を口にし、牡《おす》の欲望を剝《む》き出しにする斑目の魅力に当てられている。

それを見透かされているのも悔しく、耳朶《じだ》に斑目の唇が触れると坂下は無意識に唇を嚙んだ。

「じゃあ、先っちょでいいから、挿《い》れてもいいだろ？　先生のもいじってやるから」

「――っ」

斑目の手が、下着の中まで入ってきた。

「なんだ、先生のも泣いてるじゃねぇか」

「……ぁ……っ、……ま、斑目、さ……っ、やめ……」

「こっちはやめて欲しくなさそうだ」

「ま、斑目さん……っ」

揉みしだかれ、腰を蕩《とろ》かされ、躰に火を放たれる。

「な、先生。ちょっとだけしようか？　ちょっとだけ……。な？」

芝居じみた言い方に、坂下はさらに追いつめられた。

こんなふうにねだられると、変な気分になってくる。宥《なだ》めるように、そして甘えるようにお願いされ、その気になっているのだから世話はない。

これではまるで、自分のヒモに躰で懐柔されて言いなりになる女ではないか――そう思うが、誘惑に逆らうことができない。

それまで坂下は、ヒモなんて男の存在を許している女性がいるというのが、信じられなかった。金を絞り取られ、躰も好きにされ、自分には何一つ得なことなどないというのに、どうして別れることができないんだろうかと思っていた。

だが今は、彼女たちの気持ちがなんとなくわかる気がする。

ロクでもない相手だとわかっていても、頭ではいけない相手だとわかっていても、どうしても抗えないのだ。すべてを帳消しにしてしまうほどの、圧倒的な魅力。それに骨抜きにされ、堕落させられていくこの感覚。駄目になるとわかっていながらも、自らその泥濘《でいねい》に足を入れてしまう。坂下は蝶《ちょう》が花の香に引き寄せられるかのように、斑目が放つ淫蕩《いんとう》な牡の匂いに誘われ、ふらふらと足を進めてしまっていた。

「――ん」

唇を重ねられ、小さく声をあげる。

斑目の舌は少し乱暴だが、同時に優しかった。舌を搦《から》め捕られて強く吸われると、酒でも飲まされたかのように、目がとろんとなる。

戯れに唇を噛む愛撫《あいぶ》は坂下から理性を奪った。

「いちごの味がするぞ」

からかうように言われ、髪の毛にキスされ、懐柔されるようにこの行為に取り込まれていく。最後に斑目に抱かれたのは、双葉の腕のケガを治療した夜だ。あれ以来、何度か誘われたが、躰を繋ぐ行為にまで及んだことはない。

今夜こそ、駄目かもしれない——そんな思いに囚《とら》われ、斑目が本気で自分を抱こうとしているのがわかるとどうしようもなく息が上がる。

「……先生」

低くしゃがれた声が、辛うじて残っていた理性をすべてもぎ取った。

（……斑目、さ……）

抵抗するのを諦《あきら》め、坂下は観念して斑目の背中に腕を回した。

もう、我慢なんてできそうになかった。早く、あの時のようなめくるめく官能を与えて欲しい。はしたなく自分から足を開きたくなるほどの、激しい劣情に身を任せたい。

首筋に唇を落とされ、斑目の背中に回した腕にぎゅっと力を入れる。

だが、その次の瞬間。

『晴紀ぃ～、ばーちゃん帰ったよ～。お土産に焼き鳥買ってきたけん食べんね～』

「！」

坂下は目を見開いた。

「――ぅわ……っ！」

思わず突き飛ばすと、斑目は豪快に椅子をなぎ倒しながら後ろに転がった。転び方までもが男らしく、足を大きく開いてひっくり返った姿に思わずポッとなる。だが、斑目が本気で怒ると、フサがいようがいまいが押し倒されるような気がして、にわかに怖くなった。

「ば、ばーちゃん。お帰り～」

そう言いながら、坂下は危険な男が復活する前にと、そそくさと待合室へ逃げた。


「ほんと、妬《や》けるっすよねぇ。俺たちには厳しいってのに……」

「まぁ、ばーちゃん子みたいだからなぁ」

フサがここに来てから、二週間以上が過ぎていた。

斑目と双葉は、診察室の窓の下で油を売っていた。この場所は二人のお気に入りで、仕事がなくて暇を持て余してる時は、よくこうしてうんこ座りでくつろいでいる。

「でもこの美人が、ほんとにあの妖怪になるんっすかね？」

双葉は、白黒の写真をしげしげと見つめ、まるで目の前で引田天高《ひきたてんこう》のイリュージョンを見せられたような顔をした。

双葉が手にしているのは、フサが持ってきた彼女の若かりし頃の写真だ。いかにも大和撫子《やまとなでしこ》といったような女優顔負けのしっとり美人が、正面を向いて立っている。待合室で「しゃっしゃっしゃ！」と高笑いしている妖怪もどきとは、とても同じ人物には見えない。

「そういや、若い頃の写真は先生に似てないっすか」

「そう言えばそうだな」

「ってことはですよ、坂下先生も五十年後には妖怪ジジィになるんっすかね」

二人は顔を見合わせ、なんとも言えない顔をした。特に斑目は嫌な想像をしたらしく、タバコの煙を吐きながら空を見上げる。

「――誰が妖怪ジジィですか」

先ほどから聞こえていた二人の会話に、坂下は割って入った。

「ぅわ。先生聞いてたの？」

「窓開けてるから当然でしょ」

何を今さら……、と思い、窓から少し身を乗り出して二人を見下ろす。そして、双葉が持っている写真に目をやり、懐かしさに目を細めた。

ばーちゃんの若い頃の写真は、坂下も何度も見せられている。

「きれいでしょ」

坂下は嬉しそうにそう言った。なんせ自慢のばーちゃんだ。だが、自分を恨めしそうに見る斑目の視線に気づいた。

『この前は、よくも突き飛ばしてくれたな』

目がそう訴えているのがわかり、少しバツの悪そうな顔をする。

(だって……ばーちゃんが帰ってきたから、しょうがないじゃないですか)

確かに、自分もその気になっておきながらあんなふうに突き飛ばしたことは、深く反省していた。だが、そんなに睨《にら》まなくてもいいじゃないかと言いたくなるのだ。

大好きなばーちゃんにバレるのは、はやり恥ずかしい。

男が男に抱かれるのに、どれだけの覚悟が必要なのか——斑目にそれを言いたくなる坂下である。と、その時。

「はっ、晴紀ぃ〜」

待合室からフサの声が聞こえてきたかと思うと、すごい勢いで診察室のドアが開いた。

「どうしたの?」

「まふぃあが来たぞ、まふぃあがっ!」

「……は？」

思わず聞き返すが、フサは再び待合室へと走っていった。その勢いに圧倒され、坂下はしばらくポカンとしていた。

「マ、マフィアって……」

「先生。あんたのばーちゃん、とうとうボケたんじゃねぇか？」

失礼なことを言う斑目に冷たい一瞥をくれてやり、フサの後を追う。すると彼女は、黒いスーツを着た男たちと喧嘩をおっ始めていた。

（な、なんだ……？）

待合室の連中は「やれやれぇ～」と拳を振り上げ、はやし立てていた。格闘技観戦さながらの盛り上がりようだ。

「孫の病院に土足で入ってくる奴があるかっ！　脱がんかい、この若造がっ！」

「なんだとこのクソババァ」

「戦争も知らんハナタレじゃろがっ！　わしの目の黒いうちはぶ……っ」

興奮しすぎたのか、勢い余《ふ》って口から入れ歯が飛び出し、男のスーツに当たって落ちた。

「この……っ、汚《きたね》ぇだろうが！」

フサはそれを拾って着物で拭き、何事もなかったような顔で口に入れる。

「ひゃあ～～～～っ」

「ちょっと、やめてくださいよ！」

男が拳を振り上げるのを見て、坂下は咄嗟《とっさ》にフサに抱きつくようにして庇《かば》った。

（殴られる……っ）

そう思って目をきつく閉じるが、衝撃は来なかった。

「おい、やめとけ。今のはお前らが悪い。女性に乱暴はするなといつも言ってるだろう？」

（……え？）

恐る恐る声のした方をふり返ると、出入り口のところに男が立っていた。

髪の毛はオールバックに撫《な》でつけられているが、整髪料をべたべたと塗りたくるような真《ま》似《ね》はせず、ナチュラルだ。目鼻立ちもはっきりとしているが、濃すぎず、今人気の韓国の若手俳優に似ていた。長身で股下《またした》も長く、バランスの取れたシルエットをしている。

（誰……？）

「ここか、噂の診療所は」

男は靴のまま上がると、待合室の中を見渡して奥まで入ってくる。

坂下はゆっくりと立ち上がり、フサを庇うようにして男の前に立ちはだかった。そしてフサに診察室に隠れるよう、その躰を軽く押して促す。

「い、いきなりなんですか」

「あんたが、ここの先生か？」

「だからなんです？」

震える声でそう言い、坂下は精一杯の虚勢を張った。

男は一見エリートといった感じだが、とても堅気の人間とは思えない雰囲気があった。

男の瞳《ひとみ》は池の底のように静かで暗く、同時にどこか野生のオオカミを思わせる鋭さも備えていた。裏の世界で生きる人間とは、こんな目をしているのかと思わされるような、なんとも言えない目である。

近くで見ると、いっそうその色気を見せつけられるようで、坂下は目眩《めまい》にも似たものを覚えずにはいられなかった。

「以前うちの若いのが、世話になったから挨拶に来たんだ」

「世話？」

「刀傷を縫ってくれただろう？　警察にも黙っていてくれたんだってな」

「！」

やはりヤクザだったのかと、坂下は男をじっと見据えた。

いつか来るんじゃないかとは思っていた。金が足りずに、闇医者《やみいしゃ》紛いのことをして急場を凌《しの》いだのだ。ヤクザ専門の闇医者になるつもりはないが、あんなことをすればいずれこういうことになるのは、わかっていた。

切羽詰まっていたとは言え、やはり危険な橋だったのだと、今さらながらに思い知る。

「なんの用です？」

「そう突っかかるなよ」

「こんなに子分を引き連れてきて、恥ずかしくないんですか？」

「舎弟と言って欲しいな。今日は、あんたをスカウトに……」

言いかけたところで診察室のドアが開き、斑目と双葉が出てきた。坂下を見下ろしていた男がゆっくりと視線を上げ、そちらを見る。

そして、ポケットに手を突っ込み、斑目の方に躰を向けた。

「なんだ、久し振りだなぁ、幸司《こうじ》。こんなところにいたのか？」

「……克幸《かつゆき》」

（――え）

坂下は、二人の顔を交互に見た。対峙《たいじ》する二人の間にただならぬ空気を感じて、無意識に身を硬くする。ここに立っているだけでも、ビリビリとしたものを感じるのだ。

待合室にいる他《ほか》の連中は、ことの成り行きをじっと見守っている。

（知り合い、なのか……？）

二人はしばらく睨み合っていたが、スーツの男は、ふ、と口許《くちもと》を緩ませた。

「まさか、こんなところでお前と会うとはな。まったく、腐れ縁もここまで来ると誰かの陰謀じゃないかって思いたくなるよ」

「久々に会うってのに、相変わらずいけすかない野郎だなぁ」

「それはお互い様だろう」

男はそう言うと、坂下の品定めをするように頭のてっぺんから爪先《つまさき》まで眺め、意味深に笑ってみせる。

「なるほどね。ここの先生は一見地味だが、よく見るときれいな顔をしてるからな。こんな気の強くて美人の先生をはべらせてたら、この街に住み着きたくなるよなぁ、幸司」

「また俺のもんが欲しくなったのか？」

「……っ！　ま、斑目さんっ」

人前でなんてことを……、と思うが、斑目はやめない。

「お前は昔から、俺のもんをすぐに欲しがるガキだったよなぁ」

「相変わらずの自信家だな」

「ヤクザになって金も地位も手に入れたってのに、まだ俺のもんが欲しいなんて、満たされてない証拠だ。相変わらず可哀相《かわいそう》な奴だな」

「お前こそ、俺に取られるんじゃないかってビクビクしてるところは、相変わらずだなぁ」

「お前に自分のもんを取られたことなど一度もないぞ」

「俺はいつでも欲しい物は手に入れてきた」

「でも、先生は俺のもんだ」

お互い挑発し合う二人を、待合室の連中は呆気《あっけ》に取られるように見ていた。坂下も呆然《ぼうぜん》としたまま立っていたが、聞いているうちにその会話の内容に耐えられなくなり、斑目の方へと足を踏み出す。

「克幸。なんなら表に出るか？　久し振りにお前を殴るのも……――ぐ！」

ゴッ、と坂下のゲンコツが飛んだ。

いきなり殴られた斑目は頬を押さえ、自分に一発喰らわせた男を見下ろして怒り出す。

「痛てぇ。何しやがんだ、先生」

「誰が『俺のもん』ですか！　勝手にあなたの所有物にしないでくださいよ！」

坂下は、自分が庇ってもらっているのも忘れ、思わずそう抗議した。男が人前で俺の物呼ばわりされて、嬉しいはずがない。

「先生をこの鬼畜の手から守ってやろうってのに、そりゃねーだろう」

「鬼畜は斑目さんでしょ。それに俺は、斑目さんの物になった覚えはないって言ってるじゃないですかっ！」

「可愛くねー先生だなぁ。せっかく庇ってやってんだから、素直に喜べばいいだろうが！」

「嬉しくないのに喜べるわけないでしょ！」

ついいつもの癖が出て、ムキになって反論する。すると、それを見ていた男は、軽く笑いながら二人の会話に割って入る。

「おいおい。見せつけてくれるじゃないか」

「！」

振り返った途端顎《あご》に手をかけられ、上を向かされた。

「まさか、もう幸司にたらし込まれてるんじゃないのか？　先生。純情そうな顔して、あっちはすっかり仕込まれてたりしてな」

「ち、違いますよ」

「それならいいんだがな。だったら、こんな吹きだまりのようなところにいないで、俺のところに来たらどうだ？　イイ思いをさせてやるぞ」

「……おい、克幸。いい加減にしろよ」

斑目が静かな声で威嚇した。だが、男には通じない。

「幸司。お前は黙ってろ。俺はこの先生に聞いてるんだ。なぁどうだ？　先生。うちに来れば金の心配なんかしなくていいぞ。たまに手術をしてくれるだけでいい。あとは自由だ」

優しいような、それでいてどこか凄《すご》みのある視線に見下ろされ、坂下は息を呑《の》んだ。

怖かったからではない。斑目とどこか似ていると感じたからだ。スーツの下に隠されたものは、成り上がりのインテリヤクザとは違う野性的な匂いがする。

斑目が迫ってくる時に見せる、荒っぽい色気。それに当てられ、何度息を上げ、発情しただろうか。何度、自分の中の女を叩《たた》き起こされただろうか。

今こうしていても、斑目の魅力をありありと思い出させられる。

そして、次の瞬間――――。

「……っ！」

唇を奪われ、坂下は思わず目をきつく閉じた。舌が入ってくると、膝から力が抜けて思わず後ろに一歩下がる。一瞬、斑目のそれを思い出した。

「克幸っ！」

斑目が男の肩を摑もうとしたが、それよりも早くパン、と男の頬が鳴った。

坂下の平手打ちが飛んだのだ。

気色ばんだ舎弟たちが身を乗り出すが、男は手で「やめろ」と制し、ぶたれた頬を撫でてニヤリとする。

「ますます欲しくなったよ。あんたみたいな気の強いのを飼ったら、愉しいだろうな」

「冗談じゃないですよ」

「まぁ、そのうちまた来る」

「何度来ても同じですよ。あなたに飼われてまでイイ思いをしようとは思いません」

坂下は睨みつけるようにして言ったが、男はそれすらも愉しんでいるようだった。

「また来るぞ」

印象的な眼差《まなざ》しを残して、男は舎弟を連れて診療所を出ていった。待合室は嵐が去った後

のようにシン……、となり、そこにいた全員が坂下と斑目を交互に見比べる。

そして、二人に注がれる視線を代弁するかのように、双葉がポツリと言った。

「先生って、斑目さんのもんだったんっすか？」

「！」

次の瞬間、双葉の頭にも真っ赤になった坂下のゲンコツが炸裂《さくれつ》した。


「斑目さんの腹違いの弟ぉ!?」

双葉の素《す》っ頓狂《とんきょう》な声が、青空に吸い込まれていった。

まだ少し肌寒いが天気はよく、坂下は双葉たちと一緒に診療所の前に座り込んで外を眺めていた。坂下を挟んで右に双葉、左に斑目。斑目はポケットに手を突っ込んだまま、半分寝そべるようにだらしなく座り、咥えタバコで煙をもくもくと吐いている。

坂下はその横顔をチラリと見て、納得した。

(そうだったのか……)

どうりで、似た雰囲気のある男だと思った。あの男に迫られた瞬間、斑目と同じ匂いを感じ、そして見惚れた。身なりもタイプも違うというのに、斑目に迫られているような感覚すらあった。

ああも簡単に唇を奪われたのも、そのせいである。

「でも、格好よかったっすよね。斑目さんの弟。スーツもバシッと着こなしてたし。先生の唇奪った挙げ句に『ますます欲しくなった』だって」

「それはもう言わないでくださいよ。あれから治療に来る人来る人、そのことばっかり口にするんだから」

「でも案外くらっと来たんじゃないっすか～？　ねぇ、斑目さん」

双葉はそう同意を求めたが、斑目は返事をせず、不機嫌そうな顔でタバコを吹かし続けている。目の前で、自分の物だと豪語した坂下の唇を奪われたのだ。しかも、坂下が弟の克幸に喰らわせたのは、平手打ちだった。

双葉もそれをわかっているのか、わざとからかうような口調で言う。

「俺らのことはいっつもゲンコツで殴るくせに、あの人にはビンタでしたもんね～」

「俺なんかメス投げられるんだぞ」

いっそう不機嫌な声になる斑目に、心の中で反論する。

（だって斑目さん、下品なことばっかり言うじゃないですか……）

あまり強く言えないのは、やはり双葉の言う通り、多少なりともくらっとしたからだ。だがそれは、斑目に似た部分を感じたせいでもある。

理由を言うと調子に乗りそうなので、言い訳もできないが。

「ねぇ、先生。まさか、斑目さんの弟のところに行ったりしないですよねぇ」

「行きませんよ、あんなヤクザのところになんか」

坂下は、ずれたメガネを中指で上げた。

「でもこの診療所、金ないんでしょ?」

「ぅ……」

痛いところを突かれ、思わず黙りこくる。実を言うと、ここの経営状態はそう楽観できるものではない。包帯、ガーゼなどはあっという間になくなるし、薬代も支払わなければならない。レントゲンなどの医療機器も月額いくらと毎月決まった支払いがある。金は羽が生えているかのように、どんどん出ていく。

それに比べて入ってくる金は安定しておらず、いつも帳簿と向き合って青ざめるのだ。せめてもう少し収入が安定すればいいのだが、それは願っても無駄なことだともうわかっている。ここに来る連中が自分以上に金を持っていないのは、周知の事実だ。

たとえばツケができる限度額を決めてしまえば、経営も少しは楽になるだろう。だが、そうしたからと言って回収率が上がるわけではない。ただ、患者が減るだけだ。

つまり、治療が必要な人間が来るのを拒むということになる。

それでは、他の病院と同じだ。何もわざわざ坂下がここで診療所をやる必要もなくなる。

結局、今のやり方でなんとかやっていくしかない。

(そう簡単に上手くいくとは、思ってなかったけど……)

悩みは尽きず、体操座りをしたまま膝の上に顎をのせ、考え込んだ。

今は、とにかく金が必要だ。

坂下の悩みなど知らず、街はいつもの表情を覗かせていた。診療所から五十メートルほど離れた道端で、仕事にあぶれた男どもが陽気に歌っている。いわゆる青空カラオケだ。

ここの連中は、カラオケボックスになんぞ行きはしない。カセットデッキとマイクが一体化した物を持ち、路上で歌うのだ。フサも先ほどから一緒になって歌っている。

「なぁ、先生」

「なんですか?」

陽気な連中の様子を眺めながら、ぼんやりと相槌《あいづち》を打った。

「先生のばーちゃん。巻き込まれないうちに、帰した方がいいんじゃないのか? ヤクザが絡めば、また危険なことが増えるかもしれないぞ。あいつはな、欲しいもんは力ずくでも手に入れようとする。ここも、あんなばーさんが一人歩きできるところじゃねぇしな」

「ええ。それはそうなんですが……」

坂下もそれは考えていた。

今でこそ笑い声が聞こえているが、ここは決して治安がいい土地とは言えないのだ。春先には期間工でがっつりと金を稼いできた連中が戻ってくる。そうなると、路上強盗（マグロ）をやる連中が増えてくる。また、夏にかけて暑くなってくると、次第に気性の激しい男たちは切れやすくなる。喧嘩に巻き込まれでもしたら、大ケガだってしかねない。

そろそろフサをどうするか、本気で考えなければならない。

（俺から父さんたちに話すかなぁ。でも、勘当された俺が言ったら、余計ややこしくなりそうだし……）

楽しそうなフサの姿を見ながら「う～ん」と考え込む。大好きなフサのために、何がしてやれるだろう。そう考えるが、いい案は思いつかない。

そして、その時だった。

「え？　ちょっと……ばーちゃん？」

坂下は立ち上がった。

フサが急にうずくまり、回りの連中がそれを取り囲んでいるのだ。「どうしたんだ？」と言う声が聞こえ、男たちが慌てふためいているのがわかる。

（嘘……っ、……何？）

心臓が激しく音を立て、混乱して頭が真っ白になった。何が起こったのか把握できず、ただただ戸惑《とまど》う。

「ばーちゃん！」

坂下は白衣を翻して、フサのところまで駆け寄った。


「脅かすなって。フサばーちゃんに何かあったら、俺らが先生に怒られるんだからなぁ」

「そうだそうだ。心臓止まるかと思ったぞ」

口々にそう言う男たちの中で、フサは「かっかっか！」と高笑いしていた。

あの時、坂下が駆け寄ると、フサはすでに膝についた泥を払いながら立ち上がろうとしているところだった。歌いすぎて咳《せ》き込んだだけだと言い、マイクを別の男に渡した。そして男が歌い出すと、まったく平気な顔で他の連中と一緒になって手を叩き出す。

それからは特に気になったことはなかったが、釈然としない思いは拭《ぬぐ》えない。

笑い声の響く待合室で、坂下はめずらしくみんなの酒の相手をしながら、ずっとそのことを考えていた。

そして、斑目と目が合う。

「…………」

まるで人の心を読むかのような、何かを孕《はら》んだ目。だが、斑目は双葉に声をかけられ、すぐに視線は逸らされた。

（斑目さん……）

嫌な記憶が蘇《よみがえ》った。

去年の秋、路上で死んでいったおっちゃんのことだ。肝硬変を患ったおっちゃんは、病気の自覚症状が出ているというのに、ひた隠しに隠していた。坂下が気づいた頃には随分と病気も進行していて、体力も急激に落ちていた。

なんの治療もできず、説得もできず、ただただ悔しい思いを抱えていたあの数週間。

なんとかしたいという思いは結局報われることなく、おっちゃんは一人路上で死んでいった。そして、フサがここに来た本当の理由について考える。

あの父親が、フサにいきなり一緒に暮らそうなんて言うこと自体、おかしいのだ。もともと折り合いが悪かったし、フサが頑固者で人の言うことを聞かないということくらい、わかっているだろう。それでも一緒に暮らそうと言うのだから、それなりの理由があるに違いない。

（やっぱり、何かある……）

坂下はフサにバレないようこっそりと診療所を抜け出し、近くの公衆電話に向かった。そして、もう縁を切ったはずの父親に連絡を入れる。

「父さん。俺」

『……晴紀か？』

「今、いいかな?」

『なんの用だ?』

父親は、相変わらず不機嫌そうな声をしていた。もう慣れたが、久し振りにこの声を聞くと憂鬱《ゆううつ》になる。お前なんか俺の息子ではないと、遠回しに言われているようでもあった。

「ばーちゃん、今俺のところにいるんだ。父さんたちが心配してると思って……」

『いつからだ?』

「二週間以上前」

そう言うと、あからさまな溜め息が聞こえてくる。

『なんで今まで連絡しなかった?』

「だって、ばーちゃんが嫌がってるのに一緒に暮らそうって言うって聞いたから」

『お前もだが、お袋も困ったもんだな。黙っていなくなったと思えば、勘当したお前のところに行くなんて。ったく、いつまで人に迷惑をかければ気が済むんだ。世間体もあるというのに、お前たちは自分のやりたいようにやる』

父親は、相変わらずだった。世間体や自分たちのことばかり考えている。

だが、なんとなくわかった。勘当されたとは言え、親子なのだ。父親の声が、わずかに動揺していることに。そしてフサの勝手な行動を怒りながらも、心配していることに……。

胸が痛かった。

「本気でばーちゃんと一緒に暮らす気?」

『ああ。でもお袋は俺の言うことなんか聞きやせん。お前もだ』

「今まで仲が悪かったのに、いきなり一緒に暮らせなんて言っても聞くわけないだろ」

これが夢なら、どんなにいいか。ほとんど確信に近い思いで、嫌な現実に目を向ける。

フサは、病気なのだ。

「ねぇ、父さん。ばーちゃん、心臓悪いの?」

その言葉に、少し間を置いてから答えが返ってくる。

『ああ、そうだ。手術をしなければいずれ……』

坂下は息を吸うと、苦しそうな表情できつく目を閉じた。


その夜、坂下は診察室の椅子に座ってじっとしていた。まるで祈るように机に肘《ひじ》をついて手を組み、その中に赤いお守りを握り締めている。もう夜中の三時を過ぎているが、二階に上がる気力もなく、ただずっとこうしている。

また、同じことの繰り返しだと、坂下は自分を責めるようにそう思った。

『しゃかしたしぇんしぇ～』

あの屈託のない笑顔が蘇ってくる。酒と羊羹が好きで、実の息子のように可愛がってくれた。前歯の抜けた笑顔は愛嬌《あいきょう》があり、いつも癒《いや》されていた。

そして、まるで野良猫《のらねこ》のように道端で人知れず死んでいった。

手術をすれば助かるのに、どうしてそれを拒絶するのか——坂下には、まったく理解ができなかった。フサやおっちゃんだけではない。坂下が大学病院にいた頃も、手術を拒む患者はいた。

宗教的なことが絡んでいるわけでもない。金銭的な問題を抱えているわけでもない。

だが、それでも手術を受けないという人間はいる。そしてそれは、年寄りに多かった。

(なんで……)

でも、今度こそ死なせるわけにはいかないと思い、唇を強く噛み締める。

そしてその時。ふと人の気配がして、坂下はゆっくりと顔を上げた。

「!」

「よぉ、先生」

返事をする余裕すらなく、斑目が近づいてくるのを黙って見上げた。いつもふざけたことを言ってからかうが、今日はまったくそんな気配を見せない。

「……どうした?」

斑目は、いたわるような優しげな目をしていた。これまでも、何度かこんな目をするのを見たことがある。

そう言えば、斑目はいつも何も言わなくてもわかってくれていたなと、坂下は思った。おっちゃんの肝硬変が発覚した時も、おっちゃんの家族を訪ねて追い返された時も、そしておっちゃんが死んだ時も。

いつも黙って側《そば》にいてくれる。必要以上の言葉をかけず、ただ側にいてくれる。それがまた、あの頃のことを彷彿《ほうふつ》させられ、胸が苦しい……。

「どうした?」

説明しようとしても、言葉にならなかった。声が出ない。ひとたび口を開けば大声で泣き出しそうで、どうしようもなかった。自分の唇が震えているのがわかる。すると斑目は、坂下の椅子を自分の方へ向けさせてその前にしゃがみ込み、下から坂下を見上げた。

「なんだ? どうした?」

「いえ……。なんでも」

ようやくそれだけ答えるが、斑目の目がおっちゃんの残したお守りに移り、何もかも見透かしたような顔で言う。

「心臓か?」

「!」

不意を突かれ、視界がぐらりと揺れた。耐えていた涙が溢れ、頬を伝う。大きく前に項垂《うなだ》れると、坂下は顔を手で覆い隠すようにしながら斑目の肩に顔を埋《うず》める。

「ぅ……、……っく」

坂下は椅子からずり落ちるようにして、床に座り込んだ。斑目はそれを受け止め、そっと抱き締める。肩をさすられると、我慢していた感情が抑えきれなくなり、声を押し殺して泣いた。

「斑目さ……っ」

「あれは、狭心症の発作だったんだろう？」

返事をしようにも上手く声にならず、坂下は何度も頷《うなず》いた。斑目はそんな坂下をしっかりと抱き寄せ、頭に手を置く。

「手術は？　拒んでるのか？」

「——どうして……っ」

どうして。

坂下はそう何度も繰り返し、縋《すが》るように斑目の腕を摑んで訴えた。

「俺……っ、どうしたら、いいんですか……っ。どうしたら……っ」

そう言いながら、数時間前のフサとの会話を思い出す。

それは、二階のちゃぶ台で夕食を食べたすぐ後だった。フサが作ったお煮染《にし》めは相変わらず美味しくて、自分が知らされた現実が嘘なんではないかと思った。

これは悪い夢なんだと……。

茶を啜っているフサをじっと見ながらそんなふうに思い、そして思い切って切り出した。

『ねぇ、ばーちゃん。聞きたいことがあるんだ』

『なんね?』

『ここに来たのってさ、本当は理由が……』

そう言いかけた坂下だったが、フサが視線を上げると思わず息を呑んだ。何も言うなというような視線に、自分が言おうとしていることをすべて把握されていることを知る。

だが、ここで負けてはいけないと、懸命に言葉を絞り出した。

『父さんに電話した。手術が必要だって。ばーちゃんも、わかってるんだろ?』

『知らん人間に腹さばかれて、そのまま死んだりしたくなかよ』

『でも、今は技術も発達してるし、いい心臓外科医もいっぱいいるよ。父さんだって医者なんだ。知り合いだって沢山いるし、きっといい医者を捜してくれる』

『誰があんなくそたれ息子の世話になるね。親のことを親とも思わん馬鹿息子が』

『……じゃあ、俺が別の医者を捜す。それだったら……』

言いかけて、フサが自分を優しい目で見つめているのに気づいて言葉を切った。

『晴紀はここのお医者さんじゃろが。患者ほっぽらかして、そんなことする必要はなか。それになぁ、そろそろじーちゃんのところに行ってやらんとな。もうお迎えが来る歳《とし》とよ』

心を決めているフサを見て、何も言えなくなった。

昔から頑固者で、折り合いの悪い父親とは、いつも喧嘩ばかりしていた。祖父が他界してからも寂しいなんて素振りは見せず、頑《かたく》なに一人暮らしを続けてきた。

それなのに、今は静かに祖父のところへ行く心の準備をしている。

『さ、片づけようかねー。ばーちゃん今日は歌いすぎて疲れたけん、もう寝るよ』

そう言ったフサの背中はあまりにも小さくて、すぐそこまで死が忍び寄っているように思えてならなかった。

嗚咽《おえつ》混じりにそれを説明すると、斑目は坂下を抱き締める腕にさらに力を籠《こ》める。

「泣くな、先生。まだ駄目だと決まったわけじゃない」

「でも……っ」

「なぁ、先生。まだ決めつけるな。先生が説得し続ければ、心変わりするかもしれないぞ。それまで、ここでできる治療をしたらいいんだ。まだ、希望はある」

泣き崩れる坂下に、斑目は何度もそう言い聞かせるが、それは気休めだということは坂下にもわかっていた。こんなに小さな診療所では、何もできない。フサに必要なのは手術なのだ。心臓の手術をするには、ここはあまりにお粗末すぎる。

自分の理想とは裏腹に現実は厳しくて、そして自分が情けなくて、坂下は震えながらいつまでも自分を責め続けた。

それから三日後。

坂下は診療時間が終わると、ホームレスの様子を見に行くとフサに言い、診療所を抜け出した。出かけたのは、街から少し離れた場所にある喫茶店だ。

「久し振りだな。晴紀。お袋は元気か？」

「うん、元気だよ」

坂下は父親の前に座ると、コーヒーを注文した。それが出てくると、さっそく手をつける。インスタントではないコーヒーを飲んだのは、何ヶ月ぶりだろうか。診療所で飲む物よりはるかにいい香りがするが、あまり美味しいとは感じなかった。

「それで……ばーちゃんのことだけど、いつ頃から悪かったの？」

「父さんが気づいたのが、二ヶ月前だ。自覚症状はもっと早い時期にあったんだろう」

その言葉に、坂下は溜め息をついた。

心筋症は動脈硬化などが原因で心臓に必要な酸素を運ぶ血管が狭くなり、心筋が酸素不足に陥る病気だ。これを放置すると、いずれ心筋梗塞《こうそく》を起こす。そして酸素の供給が絶たれ、心筋の壊死《えし》が始まる。

手術は、早ければ早い方がいい。

「お前の言うことなら、少しは聞くかもしれん」

「どうかな。この前は断られたよ。でも、できる限り説得し続けてみる。受け入れ先はどうなってるの?」

「来るかどうかもわからない患者のために、予定を押さえてもらうことなどできん。お前が説得して連れてきてくれれば、いい心臓外科医のいる知り合いのところに連れて行ってやる。具体的なことはそれからだ。お前もわかってるだろうが、体力が落ちれば手術もそれだけ難しくなる。そのことを忘れるな」

「わかった」

話が終わると、坂下はすぐに席を立った。用が済めば、もう話すことなど何もない。

だが、すぐに呼び止められる。

「晴紀。お前、金はあるのか?」

「……父さんには関係ないよ」

「生意気なことを……。お前はいつも口ばかりだ。理想ばかり掲げている」

「父さんたちとは考え方が違うんだよ」

「だったらもう少し、まともな診療所にしたらどうだ?」

父親はそう言い、鞄《かばん》の中から大きな茶封筒を出してみせた。封筒には、探偵事務所のロゴが印刷されている。目を見開き、そして相変わらずな父親にムッとする。

「調べたの？」

「お前が妙なことをすれば、うちの病院も何を言われるかわからん。親子の縁を切ろうが、世間はそう見てはくれんからな。こういう話は、どこからともなく漏れるもんだ」

そう言って、次に一センチほどの厚みのある封筒を差し出した。目で「開けろ」と言われ、それに手を伸ばす。中身を見ると、金が入っていた。百万はあるだろう。

「これ……」

「金がないんだろう？　白衣もそんなに薄汚れて……買い直す余裕すらないのか？」

「いらないよ」

「見栄《みえ》を張るな。お袋が世話になってるんだったら、金もかかるだろうから取っておけ」

「寝泊まりしてるだけだよ。金なんかかかってない」

「――儲《もう》けにもならないことをっ、いつまでやってるんだっ！」

店内にその声が響き、二人に注目が集まる。

ウエイトレスが戸惑ったような顔で、棒立ちになっていた。

「……ほっといてくれ」

「いつまでそんなきれい事を言ってられるか見物だな。世の中はそんなに甘くないぞ。後で泣きついても父さんは知らないからな」

「縁を切ったんだ。今さら父さんたちを頼ろうなんて思ってないよ」

そう言い残し、坂下は踵《きびす》を返した。カラン……ッ、とドアのカウベルを鳴らし、足早にそこを離れる。

だから、会いたくなかった。

はらわたが煮えくり返る思いがし、睨みつけるように自分が歩いている方向をただ真っすぐ見る。だが、変わらない父親以上に坂下をイラつかせているものがあった。

自分自身だ。

（くそ……っ）

無意識に拳を握り締める。

本当は、あの金が欲しかった。あれがあれば、今不足している機材をレンタルすることもできる。あそこでできる治療の幅も、もう少し広がる。それなのに、あんなふうに突き返したのだ。こんなのは、くだらないプライドだ。

診療所のためを思うなら、そして訪れる患者のためを思うなら、どんなにみっともない真似をしてでも、金を手に入れるべきだったのかもしれない。見栄なんて張らず、本当は金に困ってたんですと言って父親に頭を下げ、自分の未熟さを認め、あれを受け取るのが坂下の取るべき道だったのかもしれない。

そう思うとつくづく自分が嫌になり、父親の言うことが正しいのだという気にすらなる。

自分の祖母一人説得できず、患者のためにプライドすらも捨てられないただの甘ったれ。

そんなふうに自分を責めながら歩いていると、診療所からフサの声が聞こえてくる。

なんの騒ぎかと駆け寄ると、男がフサを相手に喧嘩をしていた。

「なんやこのババァ、はよ先生出さんかい！」

「おらんって言ったやろが！」

「じゃあ探してこい！」

「ちょっと、なんですかっ」

急いで駆け寄ると、男は不機嫌そうに坂下を睨む。

「先生、どこ行ってやがったんだよ」

「すいませんね。診察時間外だから、いきなり来てもいないことはありますよ。とにかく中に入ってください」

坂下はフサを二階に避難させ、男を診察室に入れた。そしてすぐに、椅子に座った男の手首が腫れ上がっているのに気がつく。

「それどうしたんですか？　また痛めたんですか？」

手を出すように言い、その状態を診る。腫れはかなりのもので、少し動かしただけでも男は酷《ひど》く痛がった。二日前に治療したはずだったが、治るどころか悪化している。

「あまり激しく動かさないようにって言ったでしょ。たったそれだけのことがどうしてできないんです？」

腫れ上がった手首は、どう見ても安静にしていたとは思えない状態で、溜め息を漏らさずにはいられない。

（もう……どうして言うことを聞かないんだ）

誰かと喧嘩でもしたのかと、非難めいた視線で男を見る。

「こんなになって……。いったい何したんです？」

「仕事したんだよ」

「仕事？」

坂下はこめかみをぴくりとさせた。どういうことかとじっと睨むと、男は少しも悪びれずにこうなった理由を説明する。

話によると、治療をした翌日から現場の仕事に出たと言うのだ。しかも、かなりハードな現場だったらしく、途中で逃げ出す者が出たくらいだという。

日給が通常の三割り増しだったとは言え、そんなところで働けば治るものも治らない。

小言を言いながら念のためレントゲンを撮ってみると、案の定、骨の状態が以前よりも悪化していた。よくもこんなケガで現場の仕事などしたなと呆れる。

そして、今度はもう少し楽な仕事を選ぶよう言った。だが、男は人の話なんかまったく聞いちゃいない。

「じゃあこれ、この前の治療代。今日のはまたツケといてくれ」

「ちょっと待ってくださいよ」

机の上に金を置いて軽く手を振りながら立ち去る男を、坂下は呼び止めた。

「しばらくは安静にしてくださいよ」

「知るか！」

足早に出ていこうとする男を追いかけ、肩を掴んで自分の話を聞くよう引き止める。

「あのねぇ、知るかじゃないですよ。ほんとに少しの間でいいんですから。別に仕事をするなとは言ってないでしょ。もう少し……」

「そんなちまちましたことができるかっ！　大体なぁ、こんなケガさっさと治しやがれ！」

「俺は神様じゃないんですよ。無理言わないでくださいよ！」

「なんじゃこのヤブ医者が……っ！」

暴れる男の拳が、勢い余って坂下の口に当たった。歯で唇を切ってしまい、口の中に血の味が広がる。男は一瞬「しまった」という顔をしたが、謝ろうとはしない。

「あのねぇ、医者の言うことも聞けない人に、まともな治療なんかできるわけないでしょ」

「なんだとぉ？」

「仕事でケガを悪化させて診療所に来たら、またお金がかかります。意味ないじゃないですか。それならちゃんと休養を取って、完治してから仕事した方がいいでしょう？」

「わかったような口を叩くな！」

男はねじ上げるようにして、坂下の胸倉を摑んだ。だが、坂下はたじろぐことなく、自分を威嚇する男をじっと睨み返す。どちらも引こうとはしない。

痛いほどの静けさに包まれるが、静寂はすぐに破られた。

「おい、もうその辺でやめろ。先生に当たっても仕方ねぇだろうが」

斑目だった。

男はチッと舌打ちすると、坂下の胸倉から手を離した。

「よぉ、斑目ぇ。お前、やけに先生の肩を持つじゃねぇか」

「いい加減にしろよ」

斑目が凄むと男は圧倒されたようになり、言いかけた言葉を呑み込んだ。だが、最後まで自分の非を認めようとはしない。ブツブツと文句を言いながら、坂下に背を向ける。

「ケガの状態はまた明日、見せに来てくださいね」

「はっ、そんなのわかんねーよ」

「あなたねぇ。甘く見たら後で自分が苦しむことになりますよ！　これは命令です。絶対に見せに来てくださいね」

「俺に命令だと？　フザけんな！　もう二度とこんなところに来るかこのボケ！」

男は最後にそう言い捨て、診療所を出ていった。あの様子では、また無理に仕事をしてケガを悪化させることは目に見えている。

大きなケガでなくとも、無理を重ねれば後遺症が残る。それに苦しめられるのは本人だ。どうしてわかってくれないんだ……、と、坂下は途方に暮れたような顔をする。

「大丈夫か？」

殴られた痕《あと》を見て斑目はそう聞いたが、坂下は答えなかった。男が消えたドアをじっと見つめたまま、立ち尽くしている。

「先生、許してやれ。あいつはイラついてるんだ。仕事ができなけりゃあ、喰えない。だから働くんだ。何も先生の言いつけを無視したくて無視したわけじゃない」

「でも、わざわざ重労働を選ばなくたって……」

「日雇いは、いつ仕事にありつけるかわからないんだ。割のいい仕事があったら、無理してでも飛びつきたくなるんだよ。割のいい仕事があるのに、わざわざ安い日給で働こうなんて思わない。それにあいつな、別れた奥さんとヨリを戻そうとしてんだよ」

「……え」

坂下はハッとなり、斑目のことを見上げた。

「あいつ、奥さんとの間に子供ができてたんだと。だから、生まれてくる子供のためにヨリを戻そうとしてるんだよ。仕事して金貯《た》めて、そのうち定職に就こうとしてるんだ。ちゃんと立ち直って、もう一度やり直そうってな。そんな矢先にケガなんてしたもんだから、焦ってるんだよ」

「そう、だったんですか……」

坂下は、消え入りそうな声でそう呟《つぶや》いた。

患者が焦る気持ちはわかる。患者が抱えているのは、何も病気やケガに対する不安だけではない。命に関《かか》わる病気やケガでなくとも、死を宣告されたかのような絶望を覚えることがある。

試合前の数週間のブランクに焦燥《しょうそう》を覚えるスポーツ選手。長期入院でリストラに怯《おび》えるサラリーマン。

病院には、患者の数だけ事情があり、いろんな感情が渦巻いている。

わかっていたはずだ。だから利益主義の病院ではなく、ちゃんと患者と向き合えるようなところで働きたかった。それまで勤めていた大学病院を辞めてここに来たのも、金よりも自分の理想を取ったからだ。

だがそんなことに気を回す余裕もなくなっていたのかと、己の不甲斐《ふがい》なさに唇を噛む。

「そう自分を責めるな」

そう言われるが、男の事情に気づきもせずに一方的に男を責めたことを深く恥じた。自分が嫌で、恥ずかしくて、斑目に見られることすら苦痛でならない。

心配したフサが二階から顔を覗かせると、斑目は坂下の背中を軽く叩いて促す。

「ほら、ばーちゃんが心配してるぞ。先生も少しは休め」

「はい。……あの……。庇ってくれて、……ありがとうございました」

いつになくそんなしおらしい台詞《せりふ》を吐く男に斑目は困ったような優しげな視線を向けたが、坂下はそれには気づかなかった。


「ねぇ、斑目さん。坂下先生、最近ちょっとおかしいですよね」

診療所で男と揉めた数日後、斑目は、双葉と角打ちで酒を飲んでいた。もうストーブが必要な季節は終わったが、今日は雨が降ったせいもあり、足元が少し冷える。コンクリートの床は湿っぽく、あちこちにタバコの吸い殻が落ちていた。

「またなんかあったのかなぁ。先生、すぐ自分を責めるから……。ったく、いつまで経《た》っても純情なんだもんなぁ。まぁ、そこが可愛いんっすけどね」

年下の双葉にそんな台詞を吐かせる坂下に、思わず口許を緩める。

男と揉めたことは双葉は知らなかったが、そこまで気づいているところを見ると、坂下がどれだけ落ち込んでいるのか容易に想像できた。そしてヤブ医者と言われた時の坂下の顔を思い出し、少し考え込む。

「俺、先生がいなくなったら嫌っすよ。やっぱりこの街には、診療所は必要だよ」

双葉はそう言ってカウンターの大皿に盛ってある切り干し大根を皿に取り分け、箸《はし》でつまんだ。皿を差し出されると斑目もそれに手をつけ、焼酎《しょうちゅう》の五合瓶を取って手酌でコップにつぎ足して氷を入れる。

「ねぇ、誰かになんか言われたんっすかね？　斑目さん、本当は知ってるんでしょ？」

そう聞かれるが、双葉の質問には答えず、静かに言った。

「慣れっていうのは恐ろしくてな、先生がいることに慣れてくると、ありがたみを感じなくなる。いるのが当然になってくる。次第に感謝することを忘れる」

「先生さ、斑目さんの弟さんのところに行っちゃうのかな？」

「さぁな」

斑目は焼酎を一気に呷《あお》った。そして、必死で肩肘張りながらこの街で生きている若い医師のことを考える。

あの育ちのいい甘ちゃんがこんな吹きだまりのようなところに来て、もう一年以上が経過している。世間知らずは否めないが、それでもなんとかここでやっている。

そんな坂下が、いとおしくてならない。

こうしている今も、自分を責めているのだろうかと思うと、どうしてそんなに思い悩むのかと言いたくなった。斑目には冷たいくせに、患者のこととなると目の色を変えて心配するのだ。見た目に似合わず頑固者で、頭の中は診療所や街の連中のことでいっぱいだ。

それが、少々妬ける。

（あんまり自分を苛《いじ》めるなよ、先生）

空になったコップに再び焼酎を注ぎ、心の中でそう呼びかけた。そしてその時、店の前を黒ずくめの車が走っていったのが、開けたままのドアからちらりと見える。

この街にそぐわない、黒塗りのベンツ。

（あの野郎……）

コップを置くと、静かに息を吐いた。双葉も気づいて、外の様子を見に行く。

「斑目さん、今の車……」

「ああ。克幸の野郎だ」

そう言いながら、テーブルの一点をじっと睨んだ。

「行かなくていいんっすか？　先生、連れてかれるんじゃ」

「選ぶのは、先生本人だ」

「でも……」

心配そうにする双葉を見て、斑目は少し口許を緩ませて笑った。

「……なんてな。そんな余裕をかましていたいが、実は俺も焦ってるんだよ」

「じゃあ、診療所に行きましょうよ」

「いや。克幸は強引だが、いきなり行って無理やり連れていくような奴じゃない。今夜は大丈夫だろう。そのうち、俺が先生に話をする」

その言葉に双葉は少し安心したような顔をしたが、それとは逆に斑目の表情は険しく、この状況があまりよくないことを物語っていた。


一方、坂下はフサを先に寝かせ、診察室で請求書の整理をしていた。

今月もかなりギリギリで、余裕なんてこれっぽっちもなく、知らず溜め息が漏れる。借りている機材のレンタル代やら何やらで出ていき、手元に残るのはほんの少しだ。この中から自分の生活費を捻出《ねんしゅつ》しなければならない。

それだけではない。常に新しい知識を必要とする医学界では、勉強をするにも金が必要だった。

(俺、何やってるんだろう……)

自分がここにいる理由すらわからなくなり、ふと、数日前に言われた言葉を思い出す。

ヤブ医者。

その通りだ。何もできないヤブ医者だ——そう思い、坂下は自虐的な笑みを漏らした。

ここの男どもの口が悪いのは、いつものことだ。若造呼ばわり、役立たず呼ばわりは当たり前。時には暴力だってふるう。だが、誰も本気ではない。

売り言葉に買い言葉。この街独特の、荒っぽいコミュニケーションなのだ。悪態をつき合いながら、どつき合いをしながら親交を深めていく。この街で必死になって診療所を経営している坂下のことは、本当はみんな認めているのだ。誰もが感謝している。

だが、今の坂下には、そんな当たり前のことすらわからず、男の言葉を文字通りの意味にしか取ることができなかった。そして何より、坂下を傷つけていたのは斑目の言葉だった。

『それにあいつな、別れた奥さんとヨリを戻そうとしてんだよ』

その事実を聞かされた坂下は、自分がなんて愚かだったかを痛感していた。

知らなかったとは言え、患者の焦りもわかってやれずに頭ごなしにただ怒るだけだった。

大病院に比べて、この診療所が誇れるのは患者の事情を把握しやすいことだ。まるで流れ作業のように患者の名前を覚える暇すらなく次々と診ていた頃とは違い、ここは患者一人一人の生活に踏み込んでやることができる。

だが、それすらもできていなかった。

「先生」

「……?」

声をかけられ、ふと我に返った。

（斑目さん……？）

そう思って顔を上げるが、そこにいたのは斑目の弟だった。半分しか血は繋がってないとは言え、さすがに兄弟だ。声が似ている。

落胆している自分に気づき、斑目を待っていたことを思い知った。そして、自分はどこまで甘ちゃんなんだと思わず嗤《わら》う。

「どうした？」

「別に」

克幸は、この街にそぐわない仕立てのいいスーツに身を包んでいた。あのスーツ一着で、いったいどのくらいの薬が買えるのだろうかとぼんやりと考える。

「何しょんぼりしてるんだ？」

「しょんぼりなんか、してませんよ」

冷たく言うと、克幸は愉しそうに笑い、いきなり核心をついてくる。

「金が、欲しいんだろう？」

「！」

「あんたの大事なばーさんは、手術が必要らしいな。俺のところに来れば、いくらでも出してやるぞ。金さえあれば、どんなことだってできる」

金さえあれば。

その言葉を心の中で繰り返し、坂下は苦しげに顔をしかめて克幸をじっと見た。

「なんでも知ってるんですね」

「はっ、まぁな。俺が羨《うらや》ましいか?」

「羨ましい?」

「ああ、俺には金がある。金があればなんでもできるぞ」

「……でしょうね」

「どうしてこんなところで、診療所なんか続けてる? こんなところであんた一人がんばっても、何も変わらないぞ。誰もあんたに感謝なんかしてない。治療してもらうのが当然だと思ってる連中ばかりだ。そんな奴らのために必死になってなんになる?」

その言葉は、迷いのある坂下の心を激しく揺らした。

「誰が、ヤクザなんか……」

「ヤクザも人間だ。ここで死にかけた人間を救えるのか? せいぜい風邪や水虫の薬を処方してやるとか、ケガや骨折を治してやる程度だろう。ああ、破傷風も治せるかな?」

当てつけがましく言う克幸の言葉を、坂下はただ黙って聞いていた。

悔しいが、何も言い返せない。

「俺のところに来れば、あんたのばーさんだって助けられるぞ。くだらないプライドなんか捨ててしまえ。いい思いをさせてやるぞ。ばーさんにも、最高の治療を受けさせてやる」

克幸は、言葉巧みに坂下を少しずつ懐柔していった。フサのことをダシにして、坂下を自分の物にしようとしている。それが、裏の世界でのし上がってきたこの男のやり方だった。

だが、坂下はそれに気づかず、克幸の言葉に心囚われていく。

と、その時。

「晴紀になんば吹き込みよっとね？」

「……っ！　ばーちゃん」

いつの間に起きたのか、二階から降りてきたフサが診察室のドアのところに立っていた。そして後ろで手を組んだまま、克幸の横を通って坂下のところまで歩いてくる。

ここ何日か体調がすぐれず、足元がおぼつかないようで、その姿は自分を責める坂下には余計辛《つら》かった。

「あんた、わしの孫に妙なことを吹き込むと許さんよ」

フサは睨みながらそう言うが、克幸は相手にしなかった。

「こんばんは。お躰の具合はどうですか？」

「あんたに教えなならんことはなんもない」

「これでも、心配してるんですがね」

「出ていかんねっ！　孫が不幸になるのをみすみす見逃して……――っ！」

フサは、いきなり胸を押さえてうずくまった。それを見た坂下は、心臓に冷水を浴びたようになる。

「ばーちゃんっ！　大丈夫？　ばーちゃん」

「大丈夫よ。……大丈夫」

発作はすぐに治まったが、額に汗を滲《にじ》ませ、苦しそうにしているフサを見てどうしようもなく狼狽《うろた》えた。医者だというのに、何をしていいのかすらわからない。

「じゃあ。俺はもう帰るぞ。――先生」

「！」

「あんたがプライド捨てる覚悟ができるまで、ばーさんが持つか見物だな」

その一言が、胸に突き刺さった。こうしているうちにも、フサの躰はどんどん悪くなっていくのだと言われている気がした。命の炎が、燃え尽きようとしている。

克幸が「また連絡する」と言い残して立ち去ると、診療所を包む静けさがことさら身にしみるようだった。

（ばーちゃん……）

涙が出た。悔しくて、たまらなかった。何もできない自分が腹立たしくてならない。

「泣かんでよか。泣かんでよかよ」

坂下の手をさするフサのしわくちゃの手は暖かで、元気づけなければならないのは自分だというのに、どうして慰められているのかと思った。どうして自分は、フサに何もしてやれないのだろうと……。

そして、昔のことを思い出す。

子供の頃、兄弟喧嘩をして泣いた時も、フサはこうやって慰めてくれた。顔じゅう涙と鼻水だらけになっている坂下の口の中に、優しく微笑《ほほえ》みながらドロップを放り込んでくれた。

少しも変わらないフサの優しさが心にしみ、血が滲むほど唇を強く噛んで強く決心する。

(行こう……)

坂下は心の中で、静かにそう思った。


克幸から再び接触があったのは、翌日のことだった。

坂下が電話に出るなり、その決意ははじめからわかっていたと言うように、克幸は電話で一方的に指示を出した。診療所を閉鎖する手続などは、すべて自分の舎弟がするから身一つで来いと言われた坂下は、素直にその言葉を聞き入れると返事をした。

フサは、後で改めて克幸の舎弟に迎えに来させる手筈《てはず》だ。坂下が克幸の下へ行ったと知れば、フサも来ないわけにはいかないだろう。

強引なやり方だが、他にいい方法は浮かばない。

（こうするしか、ないんだ……）

受話器を置くと、自分の決心をぐらつかせないようにするため、指示されたことを頭の中で繰り返した。五日後の日付が変わる時間に、ある場所に迎えの車が来る。それに乗れば、この街とはさよならだ。もう、二度と戻ってこない。

なんの前触れもなく、診療所を去ることに後ろめたさを感じないわけではなかった。ここを出ていった後、患者が来たらと思うと申し訳なく思う。だが、自分がどれほどこの街の人間の役に立っているのかということと、フサの手術を天秤《てんびん》にかけると、後者を取ってしまう。

その背中を押したのは『自分がいなくても……』という思いだ。

それから坂下は、誰にも気づかれてはならないと、いつものように訪れる患者の診察を行った。

そして約束の前日。診察時間が終わるとホームレスたちの様子を見回りに行き、その後まるでこの街に別れを告げるように一人街の外れまで歩いた。

寝静まった労働者街は、昼間のどんちゃん騒ぎが嘘のように、ひっそりとしている。

白衣のポケットに手を突っ込んだまま歩いていた坂下は、ある物に気づいて思わず立ち止まった。

（もう、咲いてたんだ……）

それは、土手の桜の木だった。桜は闇の中でうっすらと浮かんで見え、五分咲きまでほころんでいるのがわかった。このところ考え事が多く、辺りの景色《けしき》に目を向ける余裕などなかった。ついこの間までは、待合室のストーブを争って喧嘩が絶えなかったというのに、もう桜を楽しむ季節になっていたのかと、少し驚く。

春は出会いと別れの季節というが、そう言えば自分がここに来たのは、ちょうどこんな時期だったなと思い出した。来て間もない頃、自分が何かできると信じていた。

そして桜が咲こうとする時期にやってきた坂下は、二度目の桜の満開を待たずにこの土地を去ろうとしている。

(結局、一年ちょっとしか持たなかったんだな……)

草むらの中をかき分けるようにして降りていき、坂下は桜の木を見上げた。ただ一本だけぽつんと立っているそれは寂しげで、見ているだけで切なさが込み上げてくる。

しばらくじっとしていると、背後から草むらをかき分けて歩いてくる気配がする。

「先生」

「!」

「何してんだ？　こんなところで」

斑目は、何もかも見透かしているような顔をしていた。その顔をじっと見つめ「ああ、イイ男だな」と坂下は思った。相変わらず無精髭《ぶしょうひげ》は生やしているわ、髪はぼさぼさだわで、見てくれに頓着《とんちゃく》してないが、それでもやはりイイ男だった。

精悍《せいかん》な顔立ちは飢えた獣のようで、野性的な色気を感じずにはいられない。

「何って……散歩ですよ」

この男にバレてないはずはないと、思っていた。克幸のところに行くと心を決めてから斑目を避けていたのは、とめられたら決心が揺らぐと、自分でもわかっていたからだ。

だが、いつかこうして話をしなければならない時が来ることも、覚悟していた。

「あいつに自分を売るのか？　あんたのばーちゃんは、それで納得するのか？」

「納得しなくても、手術を受けさせます。でないと、本当に死んでしまう」

「首に縄をつけてでも引っ張っていくっていうのか？」

「ええ、そうですよ」

「患者の気持ちはどうするんだ？」

そう言われるが、坂下は斑目を睨み返し、きっぱりと言った。

「そうやって手をこまねいてるうちに、何かあったらどうするんですか。死んだらそれで終わりなんですよ。恨まれてもいいから、手遅れにならないうちに何かしないと」

「やめろ。そんなことをしても、あんたのばーちゃんは喜ばないぞ。自分の孫を犠牲にしたとわかれば、苦しむに決まってるだろうが」

真剣な斑目の目を見て、息が詰まった。斑目の言う通り、手術を嫌がる人間にそれを強要することが正しいとは思っていなかった。そして、ヤクザとの取り引きを知ればフサが心を痛めるのもわかっている。

だが、おっちゃんの二の舞だけは嫌なのだ。手術をすれば助かる可能性があるというのに、このまま何もせずにいるのだけは嫌だった。

「先生。俺がなんとかしてやる」

「！」

「自分を売れるのは、何も先生だけじゃないぞ」

そう言われ、真剣に訴える男を複雑な表情で見上げる。

確かに斑目が本気になれば、いくらでも稼げるのかもしれなかった。水商売ふうの美しい女性に誘われているところを見たのは、一度や二度ではない。この男が一言「金が必要なんだ」と言えば、親身になって話を聞く女性は多いだろう。

坂下自身、斑目の魅力に当てられて自分を見失うという経験を幾度もしているのだ。だから、斑目に群がる女性たちがそれくらいしてくれるだろうということは、わかる。

しかし、今さらだった。

「もう、遅いですよ」

「じゃあ、俺が手術をしてやると言ったら？」

「……っ」

「俺の専門は、心臓外科だ」

すぐ側で囁かれ、一度だけ見せられた斑目の手術を思い出した。腕の傷を縫うというごく初歩的な縫合手術だったが、医師である坂下にはわかる。あれがどんなにすごく、どんなに神憑り的なものだったかが……。

どれほどのブランクがあったのかは知らないが、それでも少しも腐ってはいない。現役の医師でも、あれほど無駄のない縫合をできる人間がいったいどれほどいるだろうか。

「俺が、手術をしてやる」

斑目はもう一度、そう言った。

真剣に訴える斑目を見ていると、この男なら本当にフサの命を助けてくれるのではないかと思った。どんなに難しい手術も、奇跡すらいとも簡単に起こしそうだ。

だが、斑目がどんなにすばらしい腕を持っていたとしても、設備がなければ使えない。

(無理だってわかってるくせに……)

口にはしなかったが、苦しげに斑目を見つめ返す坂下の目はそう訴えていた。

斑目もそれをわかって言っているのだ。そしてそんな見え見えの嘘をついてでも、坂下をとめたいと思っている。

その気持ちが痛いほど伝わってきて、もう行くと決めたのに、心が揺れる。

「先生。克幸のところになんか行くな。あいつはな、根っからのヤクザだぞ。あんたを自分の物にしたら、あんたが駄目になるまで弄《もてあそ》ぶぞ。医者としての腕だけじゃない。全部、あんたから奪ってボロボロにしちまうぞ。あいつは、サディストの気があるからな、気に入った相手をとことん追いつめる」

「そんなの……わかってますよ」

「わかってるんだったら……」

「でも、もう決めたんです。だから……っ」

坂下は胸を締めつける苦しみに顔をしかめながら、自分に「行くな」と訴える男から目を逸らした。こうして熱っぽく訴えられると、自分の気持ちが嫌というほどわかる。

「だからもう……これ以上、俺の心を乱すのは……やめてください」

ようやくそれだけ言って立ち去ろうとする坂下だったが、その瞬間、斑目の目に怒りの色が走った。

「そんな顔で行くと言われて、引き止めずにいられるか……っ」

「——痛……っ」

すごい力で腕を摑まれた。顔を背け、その手から逃れようとするが、斑目はそれを許そうとはせずに坂下の顔を覗き込もうとする。後退《あとずさ》りするが、力でこの男に敵《かな》うはずもなく、腕に喰い込む指に苦痛の声をあげた。

「痛い……、離し……っ」

「あの男に身を売るくらいなら、俺があんたを買う。金なんかすぐに用意してやる」

「離……っ」

「行くなよ、先生」

「斑目さん……っ、やめ……」

「――行くな」

抵抗をしていた坂下だったが、揉み合っているうち何かに足を取られ、もつれ合うようにして草むらに押し倒された。そして、耳朶に嚙みつくようなキスをされる。

自分にのしかかる男の肩を押し返そうとするが、手首を摑まれ、地面の上に磔《はりつけ》にされるような格好になった。

「――っ！」

怖いほど真剣な目で上から見下ろされ、息が詰まる。

斑目が、怖い。

身じろぎすることもできないほどの緊張に躰を硬くしていると、斑目はゆっくりと唇を耳元に近づけてきた。

「先生」

しゃがれた声でそう囁かれ、ぞくりとなった。草の匂いが、この行為をより動物的なものにする。斑目の唇が首筋に降りてくると、小さく声が漏れた。

「……ぁ……っ」

乱暴な愛撫と荒い息遣いに、ぐらぐらと激しい目眩を起こした。自分を保っていられなくて、まるで躰に火を放たれたようで、熱くて熱くて、どうにかなりそうだ。

「どうしても行くってんなら、俺を殴り倒していけ」

「やめ……っ、……ぁ……っ」

「先生、俺なしでいられるのか？　こんなにして……克幸なんかで満足できるのか？」

「んぁ……」

「これなしでいられるのか？」

屹立《きつりつ》を押しつけられ、恥ずかしさのあまり目許を染めた。怒りを剝き出しにしている斑目は、獣そのものだ。

（斑目さん……っ）

その名に愛《いと》しさを感じながら、坂下は自分の気持ちを思い知る。

斑目はいつも励ましてくれた。がさつで下品なことばかり言う男だが、その奥には暖かさがある。そして、そんな斑目が好きなのだ。

下唇を甘嚙みされ、びくりと大きく躰が跳ねる。

「――ぁ……っ」

これで最後だ。

斑目の愛撫に狂わされそうになりながら、坂下はそれを痛感していた。克幸のところに行けば、もうきっと斑目にも会えない。この街に戻ってくることもできない。あの陽気で乱暴な連中とも、会うことはない。

診察室の裏で双葉と一緒に下ネタで盛り上がってた斑目を思い出し、あのたわいもない日常が、こんなにもいとおしいものになっていたのかと思う。

「……先生」

ズボンを膝まで下ろされ、内股に手を這わされて中心が熱くなった。

「先生、好きなんだ。あいつに渡したくない。あんたを、愛してる」

「ぁ……っ」

切なげに目を閉じて縋《すが》りつき、自分も同じ気持ちなのだと躰で伝えようとする。

こんなところでこんな行為に及ぶなんて自分はどうかしていると思ったが、それでも斑目を求めずにはいられなかった。この男の熱い抱擁で、今は何もかも忘れたい。今はただ、この劣情に身を任せたい――――。

「あ、あ……っ」

互いの荒い息遣いが、揉み合う二人をいっそうこの行為に夢中にさせていた。時折吹く風が草をさわさわと揺らし、ほんのりと桜の香りを辺りに振りまいている。

「――あぁ……っ」

唾液で濡らされた指が後ろに伸びてきたかと思うと、いきなりそれを挿入される。

「はぅ……っ、……んぁ……っ」

強引に指をねじ込まれると息が詰まり、坂下は顔を背けて乱暴な愛撫に耐えた。

（斑目さん、……斑目、さん……っ）

有無を言わさず押さえ込まれているというのに、自分のあそこが男を受け入れる準備をしていることを知り、そんな自分の浅ましさが恥ずかしくてならなかった。

だが、加速する躰をどうすることもできず、羞恥《しゅうち》と興奮の狭間《はざま》を行き来する。

無理やり拡《ひろ》げられ、そこは浅ましく斑目自身の侵入を求め、躰は火を放たれたように熱くなった。そして、あてがわれた次の瞬間――――、

「――ぁああ……っ」

斑目を受け入れた瞬間、坂下は悲鳴とも嬌声ともつかぬ声をあげた。自分を征服する斑目の太さに身じろぎすることもできず、ただ切れ切れに息をするだけだ。自分の中に感じるそれが、ずく、ずく、と中でひときわ大きく脈打つと、坂下は唇を噛んで声を殺した。

「……ん」

身を硬くして震えているが、それは寒さからではなかった。

苦しくて、そして言葉にならないくらいよくって、はしたない声をあげてしまいたかった。あからさまな言葉で「ああして欲しい」「ここをもっと苛めて欲しい」と求めることができ

たら、どんなに楽か。

目に涙をためながらも必死で男を受け入れ、自分の欲望を抑えようとする坂下の姿に触発されたのか、斑目も余裕を欠いた声で言う。

「——先生」

「ぁう……っ」

「先生、……この街を、出ていくなよ。先生」

首筋に顔を埋められ、荒い息を漏らしながら何度も熱く訴えられ、激しい目眩の中で斑目の存在だけが、唯一確かなものとなる。自分を抱く男の激しさに酩酊《めいてい》しながら、坂下は自分もまた獣《けだもの》であることを痛感した。

男に尻を犯され、男の下で啼《な》き、よがっているのが自分なのだと。そして同時に、この男の下から去らなければならないのなら、いっそのことこの躰を壊して欲しいとすら願った。

「先生……っ」

斑目の息遣いがいっそう激しくなったかと思うと、坂下の唇の間から痛々しい掠《かす》れ声があがった。

「あぁ、——ぁ……っ。あぁー……」

坂下は、中にたっぷりと注ぎ込まれたのを感じた。

奥を濡《ぬ》らされ、脱力して自分に体重を預ける男の重さを心地好く思いながら、虚《うつ》ろな目で

夜の空を眺めた。自分の中で果てた男が、愛しくてならない。

お互いの心音を聞きながらしばらくそうしていたが、斑目の口から男っぽい喘《あえ》ぎ声が漏れたかと思うと、再び荒い息遣いが暗がりに漏れ始めた。

そして獣のような交わりが、再び始まる。

傍らの桜の木は、激しく抱き合う二人の姿とは裏腹に、夜空を背に静かに立っていた。それはまるで、月の柔らかい光が降り注ぐ草むらの中で二人が互いを貪《むさぼ》り合うのを、じっと見下ろしているようだった。


あの熱い交わりから、丸一日が過ぎようとしていた。

首筋には斑目の痕跡《こんせき》がうっすらと残っており、それを鏡で眺めながら、坂下はまるであの行為の記憶をなぞるように指で触れた。まだ躰が熱いような気がし、早くこの熱を忘れなければと自分の気持ちを抑え込む。

だが、そうしようとすればするほど、それは鮮明に蘇ってきて坂下を苛《さいな》んだ。

『行くなよ』

坂下を診療所まで送り届けた斑目は、最後にもう一度そう言って帰っていった。こめかみに落とされた口づけは優しくて、このままこの男に寄りかかって、辛いことはすべて忘れてしまいたいと思った。

（でも、決めたんですよ……）

斑目を騙《だま》すことになるのは辛いが、もう後戻りはできない。最後に、斑目に抱かれて自分の気持ちを確かめられただけでも、よかったんだと思うことにした。

診療所を出ると、坂下は約束の場所まで歩いていった。そこには黒塗りのベンツが待ち構えており、後部座席のドアの前に克幸が立っている。

「よぉ、来たか」

その姿を見て「ああ、本当に行かなきゃならないんだ……」と思った。決心したはずだというのに、まだ後ろ髪を引かれている。だが坂下は、そんな自分の感情を抑え込み、重い足を踏み出して前に出た。

そして自分を眺める舎弟たちの間を歩き、ベンツまで進む。

「ようこそ、先生」

克幸は芝居じみた仕種《しぐさ》でドアを開け、坂下を促した。口許に笑みを浮かべたままじっと自分を見下ろす男を睨み、軽く深呼吸して自分の思いを絶ち切る。

だが、車に乗り込もうとした時だった。

「——先生っ！」

「！」

振り返ると、思いつめたような顔で双葉が追いかけてくるのが見えた。どこで聞きつけたのかと一瞬目を見開くと、たくさんの足音とともに、双葉の後ろからぞろぞろと街の連中が姿を現す。

「先生っ！」

「坂下先生っ！」

「先生！」

男たちは口々にそう言いながら車の進路を阻むように、道路いっぱいに広がった。そして坂下を連れていこうとする克幸と、対峙する格好になる。

「なんで出ていくんやっ」

「俺たちを見捨てるつもりかっ！」

「もう俺らに嫌気が差したのかよ、先生っ」

「俺らが言うこと聞かんから、出ていくんか？」

「……っ、皆さん……」

坂下はその光景を、呆気に取られて見ていた。まさか、こんなふうに誰かが追いかけてくるなんて思っていなかった。そして、その中にある男の姿を見つける。

「先生、俺がヤブ医者って言うたから出ていくんかっ！」

それは、手首のケガのことで坂下と口論になり、捨て台詞を残して立ち去った男だった。

あれ以来、診療所には一度も姿を見せていないが、真剣な表情で訴えている。

「真に受ける奴があるか、このボケッ！　本物のヤブ医者にヤブって言う馬鹿がどこにおるかぁ？　このへなちょこが！　そんくらいわかってんだろうが！　それに、先生のところには行かんかったが、言いつけは守ったぞ！　ほら、見てみぃ！」

手首の状態を見せようと、男は右手を高々と挙げてみせた。必死で坂下をとめようとし、手首を動かしてみせる。

そしてさらに、坂下の耳にもう一人の声が飛び込んできた。

「晴紀っ！」

「！」

斑目に連れられ、フサが歩いてくるではないか。さすがにフサの姿を見ると、自分がしていることに激しい後ろめたさを感じた。フサは何も言葉を発しなかったが、怒ったような顔で坂下の目をじっと見つめている。

それは、どんな言葉をかけられるより、辛かった。怒っているフサを見て、自分がどんなに馬鹿げたことをしているのか、思い知らされるようだ。

「……ばーちゃん」

泣き出しそうな情けない顔で、坂下はそれだけ呟く。

異様な光景だった。

翌日の仕事のため、普段はこの時間は寝静まってひっそりとしているというのに、今はまるで仕事に群がる連中で賑《にぎ》わっている寄せ場のようだ。坂下に世話になった人間が、一人残らず集まっている。自分以外の人間のことなど考える余裕のない連中が、坂下を引き止めようと必死になっているのだ。

そして、人の壁をかき分けるようにして、斑目が出てきた。

「克幸。こいつら全員ブッ倒してでも連れていく気か？」

二人が対峙すると、緊迫した空気の中、誰もが息を呑んで二人を見守った。誰一人、言葉を発するどころか指一本動かすことすらできず、この静寂を打ち破る何かを待っている。

そしてしばらくすると、克幸の「くっくっくっく……」と笑う声が闇に響く。

「……負けたよ。面白いところを見つけたらしいなぁ、幸司」

敗北宣言とも取れる言葉だった。だが、すぐに引き下がるほど甘くはない。

「だけどな、幸司。俺はここの連中には負けたが、お前に負けたとは思ってない」

逃がさないぞというように坂下の手首をしっかりと握り、克幸は凄みのある笑みを漏らして言った。

「ヤクザが約束を反故《ほご》にされて、そう簡単に引き下がると思ってないだろうなぁ。先生は一度『来る』と俺に返事をしたんだぞ。それに、ばーさんのことはどうする？　このまま死なせる気か？」

克幸は意味深に笑みを零《こぼ》していた。

ようやく坂下を手に入れることができるというところで、こうやって街の連中に邪魔され、本来なら怒るところだ。だが、克幸はこの上なく面白い余興を楽しんでいるような顔をしているのだ。その余裕が、恐ろしくもある。

「一つ提案をしよう。設備を準備してやるから、幸司、お前が手術してみろ」

「俺が？」

「さすがに大病院にお前を潜り込ませるわけにはいかないが、あの診療所よりマシな場所を提供してやると言ってるんだ。助手はそっちで用意してもらうがな。なんならこの先生にも手伝わせていいぞ。その代わり、手術が失敗したら先生は貰《もら》う」

「なんだと？」

「聞こえなかったか？　お前が失敗したら、その時は俺がこの先生を貰うと言ったんだ。医者として使うのもいいし、愛人にして可愛がるのもいい。お前の腕が錆《さ》びてなけりゃあ、そのばーさんも先生も助けられる。一石二鳥じゃないか。悪い話じゃないだろう？　バイパス手術は、お前の得意分野だったんだからなぁ。ゴッドハンド」

最後は当てつけがましく言い、ニヤリと笑った。

「それとも、怖いか？」

さすがだった。

まるで逃げ道を塞ぐように、斑目がフサの手術をしなければならないような状況に追い込んでいく。これが、ヤクザとしてのし上がった克幸のやり方なのだろう。

斑目がこの提案を断れば、フサを見殺しにした臆病者《おくびょうもの》として嗤うことができるだろうし、それを受ければ、フサの命を預けるという重大な責任を負わせることができる。しかも、失敗すれば坂下は完全に克幸の物になってしまうのだ。

斑目にとって、どちらをとっても厳しい選択になることは確かだった。

街の連中は、斑目が外科医だったと知って驚きを隠せないようで、お互い顔を見合わせていた。だが、誰も声を発しようとはせず、斑目がどう答えるか息を呑んで見守っている。

と、その時。

「受けて立とうやないか！」

「……っ！　ばーちゃん」

二人の間に走る緊張を断ち切るように、フサが一歩前に踏み出して克幸に喰いかかった。

「知らん人間に腹なんぞさばかれてたまるもんかと思うとったけど、ここまで言われて黙っとくわけにはいかん。斑目が手術してくれるなら、死んでも悔いはなかけん、やってくれ！」

フサの言葉に、克幸は自分の思い通りにコトが運んだことに満足げな顔をした。

「だそうだ。幸司、もう断る口実がなくなったぞ」

斑目は返事をしなかったが、フサは躰の向きを変えて「頼むぞ」と言うようににっこりと笑った。斑目はそんなフサを見下ろし、静かに言う。

「本当に、いいのか？」

「あんたみたいな色男にさばかれるなら、悔いはなか。それに、晴紀が助手をやってくれるなら、これ以上のことはなかよ」

そう言い、フサは戸惑いを隠せずに立っている坂下の方へ足を踏み出し、「こっちへ来んね」と言うように、小さく頷いた。

「……ばーちゃん」

「晴紀。あんたは患者のことを一番に考える医者でありたいけん、大学病院を辞めてここで診療所をやるって言いよったね。だけん、ばーちゃんは晴紀を応援しよったとよ。そんならばーちゃんのために、斑目と一緒に手術をしてくれるじゃろ？　晴紀が手術の間ずっと見守ってくれるんやったら、ばーちゃんは怖くなかよ」

自分の命がかかっているというのに、フサは少しも躊躇《ちゅうちょ》する素振りは見せなかった。これが、七十年以上生きてきた人間の強さなのだろうか。

そんなフサの気持ちに応《こた》えるように、坂下は自分の腕を摑む克幸の腕をそっと外し、足を踏み出した。そしてフサの前まで来ると、地面に跪《ひざまず》き、その小さな躰をぎゅっと抱き締める。

それを見た斑目は、真剣な表情で言った。

「克幸。受けて立ってやる。すぐに手配しろ」


それから、フサの手術に向けての準備が急速に進められた。

克幸が用意したのは、ある町の小さな病院だった。一般の患者が来るようなところではなく、外観は寂れきっていて廃墟《はいきょ》のような場所だ。

だが設備は診療所に比べると、随分とマシだった。ここでどんなことが行われてきたのか、あまり考えたくなかった。坂下が克幸のところへ来たなら、間違いなくここで行われる違法とも言える手術の手伝いをさせられるだろう。

今からやろうとしているフサの手術も、法的に問題がないと言えるかは怪しいものだ。

それでも、もう後戻りはできない。

血液検査やX線撮影など、いくつかの検査を行い、フサの躰の調子を見て手術の日取りを決め、着々と準備を進めていく。助手は坂下の他に、双葉がやることになった。素人《しろうと》だが、マグロ漁船に乗っていた頃に、事故で腕を切断した男の世話をずっとしていたという。

双葉なら、大量の血を見て倒れることもないだろう。

もう、誰の心にも迷いというものはなかった。

そして、手術の前日——。

坂下は斑目が一人街外れまで歩いていくのを見て、その後を尾《つ》行けた。

(どこに行くんだろう……?)

夕日が街を包み、辺りはオレンジ色に染まっていた。太陽は、ジリジリと燃える線香花火の火種のようだ。だが、東の空にはうっすらとした闇が姿を現しており、時間が経つごとにそれは少しずつ空を浸食していく。

金星の輝きがいっそう明るくなると、斑目はある小さな公園の中に入っていき、ベンチに腰を下ろした。そして目を閉じ、じっとする。手がある動きをしているのに気づき、斑目が何をしているのかようやくわかった。イメージトレーニングだ。

開腹から閉腹までのすべての工程を、一通りさらって自分の躰に叩き込んでいた。すべてが順調に行くように躰に覚えさせ、心に覚えさせる。成功するイメージをしっかり持つということは、とても大事なことだ。

それが終わるまでじっと待ち、斑目が目を開けると思い切って声をかけた。

「斑目さん」

「!」

斑目は坂下の姿に気づくと、一瞬バツの悪そうな顔をしたが、すぐにいつものような態度に戻る。

「なんだ、先生か。こんな時にどうした？　俺に抱いて欲しくなったのか？」

そう言ってからかってみせる斑目は、相変わらずだ。

「何をしてるんです？」

「先生と外でヤッた時のことを思い出してたんだよ」

その言葉に、坂下は優しく目を細めた。

嘘ばっかり。

そう思い、隣に腰を下ろす。自分が落ち込んだ時にそうしてもらった時のように、肩が微かに触れ合う距離で斑目の側にいた。そうしてやりたかった。

いや、斑目のためでなく、自分のためなのかもしれない。

「イメージトレーニングしてたんでしょ？」

そう言うと、斑目は「やっぱり見てやがったか」とばかりに、苦笑してみせた。

「先生、いい性格してるな。人のこと監視してやがったのか」

「だって、声をかけ辛くて……」

そう言って、坂下は言葉を濁した。

坂下にもわかる。斑目が今、何を抱えているか。

たとえ斑目が伝説と言われるほどの腕を持っていたのだとしても、ブランクを抱え、万全の態勢とは言えない場所で手術を行うのだ。怖くないわけがない。どんなに成功率が高い手術でも、手術中は何が起こるかわからないのだ。どんなに下準備をしようが、何かのきっかけで最悪の結果を招くこともある。

それが命というものだ。所詮《しょせん》、医者は神ではない。ただの人間だ。

そして、そんな精神的な負担に耐えきれず、精神安定剤などの薬に手を出し、自滅する医者もいると聞いた。坂下も、その気持ちはわかる。

「情けねぇな。ガラにもなくビビッてんだよ」

はっ、と自嘲《じちょう》気味に笑い、斑目は遠くを眺めた。初めて見る姿だ。

患者を前に自分の責任の重さを感じ、そのプレッシャーと戦っている斑目を見ていると、心底この男が医者として尊敬できる人間だと思えてきた。一時的に自分の技術に溺れ、命の尊さを忘れていた時期があろうとも、今は違う。命の重さを感じながら、患者のために自分が持つ技術すべてを使い、助けようとしている。

坂下はベンチから立ち上がると、斑目の前に回り込んだ。

「あなたを、信じてます」

「先生」

「斑目さんを信じてます」

そう言ってその躰を抱き締めた。この男が愛しくて、胸が苦しくなった。

斑目はゆっくりと坂下の腰に腕を回し、胸のところに鼻を擦《こす》りつけるようにして坂下を抱き締め返す。

「手術が成功したら、一発やらせろよ」

「……いいですよ」

坂下は静かにそう言った。クス、と笑う気配がし、坂下もつられるように笑みを漏らす。

だが、本気だった。斑目を落ち着かせるための方便ではなく、この男が望むならそうしたいと思っていた。いや、望まれなくても、そうしたいと思った。

そして、たとえブランクがあろうが、大事なフサの命を預ける人間が斑目でよかったと本気で思える。自分の運命も、この男になら、預けていいと……。

「いくらでも、何度でも、抱いてください」

「そんな可愛いこと言われると、やりたくなるじゃねぇか」

「終わったら……手術が終わったら、いくらでも」

斑目は白衣の中に手を入れ、ズボンの上から尻を揉みしだいた。だが、性的興奮を得るためではなく、気持ちを落ち着かせるためだ。坂下には、それがわかる。

斑目がこうして身を預ける相手が自分であることが、嬉しかった。男のすべてを包み込んでしまう女のようにはいかないが、それでもこうしていたい。

「先生も、先生のばーちゃんも、俺が守る」

「はい。お願いします」

そう言って二人はしばらくの間、お互いの躰を抱き締め合っていた。


手術当日。その日は、いつになく穏やかな気候だった。病院の廊下には日だまりができており、白い廊下は暖かな光で溢れている。

坂下は手術の準備が整うと病室に行き、ベッドにいるフサに声をかけた。麻酔が効きやすくするための注射を打っているためか、少しぼんやりとしている。

「ばーちゃん。起きてる？」

「……晴紀ね」

「うん」

坂下は、持ってきたドロップの缶を振ってみせた。カランカランッ、と小気味いい音がする。フサの目が、懐かしそうに優しく笑った。

「これ、ばーちゃんがここに来た時に、お土産に持ってきてくれたドロップ」

「まだあったとね？　そんなに大事に食べてから……。晴紀は昔っからそうやった」

「うん、でもね、これあと一個しかないんだ。オレンジが一個だけ」

「そういや晴紀は、オレンジが好きやったねぇ」

「うん。だから、またドロップ買ってね」

そう言うと、フサはまた目を細めて笑った。坂下が、いつもフサにべったりだった子供の頃と少しも変わらないのが、嬉しかったのだろう。

「そうやねぇ。また晴紀にドロップ買ってやらんといかんけん、死ぬわけにはいかんねぇ」

「うん。また買ってね。約束だからね」

そう言って軽く拳を握って小指を出す。

「じゃあ、指切りげんまん」

そう言い、二人は固い約束をした。

それからフサを別のベッドに移し、手術室へと向かった。双葉は少し緊張しているようだったが、これまで何度も打ち合わせをしてきたため、尻込みはしていなかった。

フサを挟み、三人で向き合うと一つの目的に向かう人間同士、信頼し合うことができた。

(ばーちゃん、がんばって……)

フサの顔を眺めながら、心の中でそう呼びかける。

冠動脈バイパス手術(CABG)とは、動脈硬化等で詰まった血管部分に別の血管を繋ぎ、バイパス(迂回《うかい》)させて血流を正常にするためのものだ。迂回に使う血管(グラフト)は、本人の内胸動脈を使う。これは、鎖骨のつけ根辺りから鳩尾《みぞおち》の辺りまで伸びている血管のことで、心臓の近くを通っており、手術が始まるのと同時にこの血管を採取する。

また、フサの場合は人工心肺を使って一時的に心停止させるのではなく、心臓を動かしたまま行う低侵襲心臓手術（ミッド・キャブ）を行うことになっていた。特に高齢者や重度の患者には、この低侵襲心臓手術に頼ることが多く、九十年代に入ってから急速に浸透している。患者にとっては負担も少なく、術後の合併症などのリスクは少ないが、そのぶん手術の難易度は高くなり、医師にとってはストレスのかかる手術となる。だが、今は斑目の腕を信じるしかなかった。

午後七時半。全身麻酔導入。十五分後、手術開始。

斑目のメスが、フサの左胸部を斜めに切り開く。その下の組織を電気メスで切り、皮膚を切開。すると肋骨《ろっこつ》が見え、内臓を保護する心膜と呼ばれる膜に到達する。肋骨を患者の頭側に押し上げるようにして広げて視野を確保し、その間から心膜を切開する。

ようやく、フサの心臓に到達した。

「鉗子《かんし》」

斑目が手を出すと、双葉がすぐさまそれを渡す。

「先生。そこもう少しテンションかけてくれ」

「はい」

血管が心臓の表面に露出しているか確認して内胸動脈を採取し、今度は出血を防ぐために一時的に血管を縛る作業に入る。

これがブランクのある医者の仕事なのかと、坂下は目を見張った。

手術は鑷子《せっし》で針や糸を摑んで行うのだが、その動きは繊細で、器具も斑目の躰の一部なのかと思うほど手際はすばらしく、無駄など何一つなかった。

双葉の腕を縫った時もそうだったが、神憑り的とも言える手さばきに、器具を渡す手が追いつかないほどだ。

やはり、すごい。

その腕が少しも腐っていないことを見せつけられると、冷静になることができた。このまま行けば、予定より早く手術は終わるだろう。そうすれば、フサの体力の消耗も防ぐことができる。坂下の予想通り、順調に手術は進んだ。

時折額の汗を拭き取り、さらに作業を進めていく。

だが、異変が起きたのは、そのすぐ後だった。

「斑目さん、血圧が下がってきてます」

モニターを監視していた双葉が、静かに言った。斑目はそれに目を遣り、息を殺すようにしてその数値の推移を見守った。手術室の空気が張りつめる。

坂下は、どく、どく、どく、と自分の心臓の鼓動が激しくなっていくのを感じていた。落ち着け……、と自分に言い聞かせながら、斑目がどう出るか待つ。

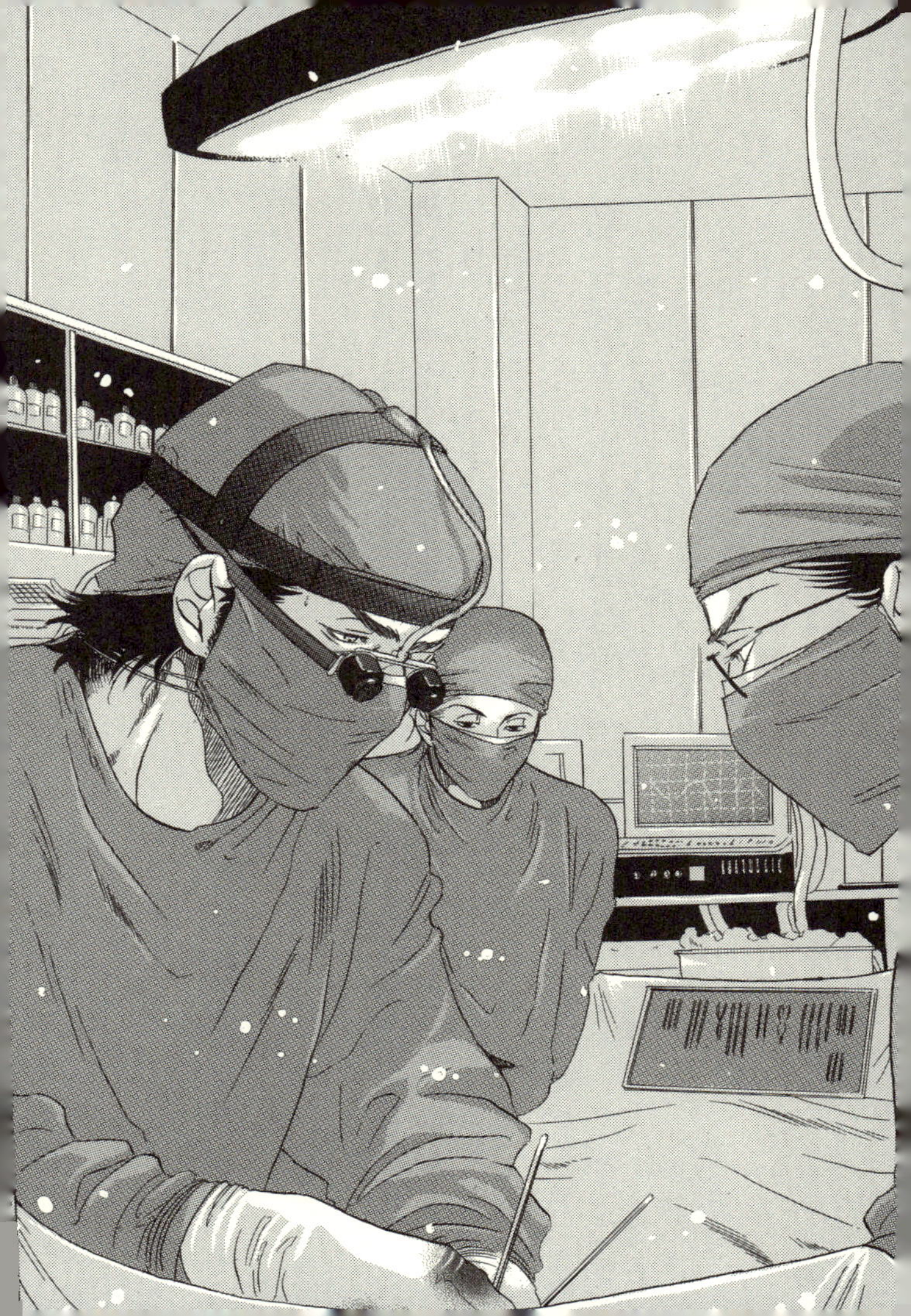

（ばーちゃん……）

坂下は、心の中でそう呼びかけた。


フサの手術から、二週間が過ぎていた。

桜は終わり、新緑が萌《も》える季節がやってこようとしていた。花を楽しむことができるのはほんの短い間で、それは命の儚《はかな》さを連想させられる。だが緑に覆われた桜の木を見ていると、同時に命の強さを感じることもできるのだ。

「とうとう行っちまったな」

気の抜けてしまったような声で、斑目がそう言った。開け放った窓から、二人きりの診察室に生暖かい風が流れ込んでくる。静かな夜だった。

「まぁ、いつまでも一緒にいられるとは思ってなかったですけど……」

フサのいなくなった診療所は少し寂しく、窓枠に手をかけて外を眺めていた。

「でも、すごかったです。斑目さんの手術」

それを思い出しながら、斑目以上にぼんやりとした声でそう呟いた。夢を見るような言い方に斑目が呆れたように笑うが、坂下は気づいていない。

手術は、見事に成功を収めた。一度血圧が極端に下がったが、斑目の冷静な処置のおかげでそれは回復し、作業は続行された。所要時間も短く、あんな手術は二度と見られないだろうと思ったほどだ。

だが、手術が成功すればそれで終わりではない。

特にフサの場合、高齢ということもあり、術後の経過を慎重に診る必要があった。

坂下は克幸が用意した病院に泊まり込み、ほとんど寝ずの看病で経過を見守った。それからは、心臓の機能を監視し、フサの状態が安定してから診療所に移した。

そして、自分を思う坂下の気持ちを汲《く》んでか、フサはしばらく息子夫婦のところで世話になると言い、診療所を後にすることを決意したのだ。

ここで十分なケアをしようと思うと、坂下に大変な負担がかかる。

自分の孫を思ってのことだろう……。

治安の面から考えても、ここに長居させるよりその方がいいだろうと、坂下もそれに納得してフサを送り出した。

『鬼嫁に苛められたら、また帰ってくる』

相変わらずそんなことを言うフサを見て、もう安心だと思えた。

一つだけ気になることと言えば、父親がどこで手術をしたのだと激しく問いつめてきたことだ。勘当した息子から聞き出すのは諦めたようだが、そのうちフサを追及するに違いない。

喧嘩になること間違いなしだ。

「ねぇ、斑目さん」

「なんだ?」

「やっぱり、医者に戻る気はないんですか?」

坂下は、時々フサに電話をしようとぼんやりと思いながら、斑目にそう聞いた。躰を反転させ、窓枠に寄りかかって斑目を見る。

「戻ってどうする?」

「たとえば、ここで俺と一緒に診療所を……」

「俺はもうメスは握らないと決めたんだ。今回だけは特別なんだよ」

きっぱりと言い切る斑目に思わず口を尖《とが》らせたくなるが、そう言われるだろうということは予想していた。斑目がその気になれば、いくらだって金を手にすることはできる。それなのに過去の自分を嫌い、すべてを捨てたのだ。

一人の医者としてその腕を腐らせておくのは惜しいと思うが、斑目が決めたことだ。

「そんな色気のない話はもういいだろ」

「そう、ですね」

「ところで先生。あの約束、忘れたんじゃないだろうな」

「え……」

斑目は、椅子からゆっくりと立ち上がった。すぐ目の前に立たれ、お互い黙りこくったまま見つめ合う格好になる。

『手術が成功したら、一発やらせろよ』

あの時、坂下は自分でも驚くほど素直になることができた。

いくらでも。何度でも。

そう言って、斑目を抱き締めた。

このところフサに構ってばかりだった上、診療所の患者の治療で手一杯で約束のことは忘れていた。坂下の忙しさを気遣ったのか、斑目もここのところこうしてゆっくり顔を出すこともなかった。だが、坂下の気持ちはあの時と変わっていない。

斑目も、忘れてやるつもりなどないらしい……。

「もう二週間もオアズケだ」

「あの……」

思わず目を逸らし、所在なく床に視線を落とした。斑目の熱い眼差しが自分に注がれているのがわかり、どうしていいのかわからずに戸惑ってしまう。そっと手が伸びてくると、思わず身を竦《すく》めた。

斑目はそんな坂下の頬に手をやり、親指で唇に触れた。されるがまま息を殺して立っていると柔らかいそこを軽く押しつぶすようにし、そして今度は指先でなぞるように、喉から胸の方へ線を描く。

ゆっくりとした動作に羞恥心を煽《あお》られ、ごく、と喉を小さく上下させた。

シャツの上から這わされる指はそのままゆっくりと下に降りていき、ベルトの上を通り、そして坂下の中心に触れる。

「先生。舐めてやろうか？」

「！」

思わず視線を上げると、斑目は舌先で自分の唇をチラリと舐めた。

「あの……っ」

「ここ、舐めてやろうか？」

カァ……ッ、と顔が熱くなり、坂下は思わず唇を嚙んだ。

（ま、またそんな……）

恥ずかしげもなくそんなことを言う斑目を恨めしく思うが、その誘惑にふらふらと惑わされている自分を感じる。品のない言葉を平気で並べる男を腹立たしく思う反面、あからさまに欲望を口にされ、高ぶっているのだ。芝居じみた台詞で攻められ、恥ずかしい言葉で自分の状態を逐一説明される。反感を抱きながらも躰が先に発情してしまう己の浅ましさに苛まれながら、それでも感じてしまうこのジレンマ。

それがわかるのか、斑目はふと口許を緩ませ、ゆっくりと跪いた。ジ……、とファスナーが下ろされるのが耳に届くと、羞恥心はいっそう増す。

どうすることもできず、自分の前に跪く男の頭頂部を眺めていた。

「――あっ」

いきなり口に含まれ、小さく声をあげた。

「あ……っ、斑目さん……、待……っ」

言いかけて、坂下は唾《つば》を呑んだ。斑目の舌が弱いところを這い、先端のくびれをじわりと攻める。こんなふうにされては、自分を保てない。

坂下は斑目の髪の毛を摑み、強引な愛撫に我を忘れて夢中になっていった。あそこを這い回る舌は、適度な刺激を与えながらも徐々にその刺激を強くしていく。

「あっ、あっ、……もう……っ」

ほどなくして高みがやってくると目をきつく閉じ、無意識に斑目の髪の毛を摑んだ手に力を籠めた。

「……んっ、……ぁ……っ！」

次の瞬間。坂下はびくびくっと下腹部を震わせ、絶頂を迎えた。

「……っ、……はぁ」

目許が熱くて、自分がどんな顔をしているのかと思うと、どうしていいのかわからなくなった。そして、あまりにあっけなくイッてしまったことも恥ずかしく、頑なに俯《うつむ》いてまた黙りこくる。

そんな坂下の反応が愉しいのか、斑目は唇を舐めながら立ち上がり、耳許で囁いた。

「よかったか？」

「……っ」

「先生、俺は二週間もためてたんだぞ。今日は朝までつき合ってもらうからな」

脅しのような言葉だが、坂下には甘い囁きに聞こえた。

朝まで。

そう思っただけで、目眩がする。

「先生のここに、俺のぶっといのを突っ込んでやる」

思わずその手から逃れようとしたが、強く抱き締められ、低い声で囁かれた。

「……っ。……あ、……あの……っ」

「俺ので、先生の中をたっぷり濡らしてやるからな」

人が恥ずかしがるのをわかっていて、そんなことを言う斑目に「なんて人だ……」と思いながらも、自分を抱き締める腕に身を任せる。

そうして欲しいと思っている自分がいることは、もう誤魔化《ごまか》しようのない事実だった。

それから二階に移動し、二人は布団に潜り込んで愛し合った。

万年床に近いそれは色気とはほど遠いように思えたが、逆に生活感がある場所というのは浅ましさを露呈して、欲望を抑えられなくなる。

「……っ」

斑目が足を絡ませてくるため、脛《すね》にざらりとしたものを感じ、坂下は恥ずかしさに顔をしかめた。

(ぅう……)

体毛の薄い坂下のそれとは違い、男らしく適度に生え揃ったそれは肌を刺激して「自分は男に抱かれているんだ……」と思い知らされるのだ。セックスの経験は人並みにはあるが、女を抱くのとは何もかもが違う。

本来、そうするべき場所でないあそこを使い、男のそれを受け入れるという行為。男である自分が、男に抱かれている——そう思うだけで気持ちが高ぶり、ただ荒波に呑まれるようにして夢中になる。男の躰を、斑目の躰を感じた。

「どうした?」

「い、いえ……」

「男同士でこんなことをするのが、恥ずかしいのか?」

　斑目はそう言い、わざと自分の髭を首筋に擦りつけるようにしてから耳朶を噛んだ。

「……っ」

「牡同士が魅かれ合うことは、自然界じゃあ案外めずらしいことじゃないらしいぞ。特に虫なんかは、間違って牡同士で交尾しようとするんだと」

「こ、昆虫と一緒に……しないで、くださいよ」

　そう反論するが、交尾という言葉に坂下はますます恥ずかしくなる。

　セックスは、交尾だ。お互いの恥ずかしいところをさらけ出し、愛し合う。だが、好きな相手だからこそ、こんな浅ましい行為に夢中になることができるのだ。

「先生。何をそんなに感じてるんだ？」

「あっ」

「そんなに恥じらうな。歯止めが利かなくなるだろうが」

「……んぁ」

「躰はこんなに淫乱だってのに……先生もタチが悪いな」

　揶揄《やゆ》され、自分がこれまでになく高ぶっていることに気づいた。恥ずかしくてたまらないというのに、躰は斑目を欲しがって止《や》まない。逞しいそれで早く貫いて欲しいと、激しく疼《うず》いている。

　だが斑目は、後ろに軟膏《なんこう》を塗りながらも、繋がるどころか指すらも挿れずに回りを揉みほぐすように焦《じ》らしていた。明らかに、欲しがっている坂下を上からじっくりと観察して愉しんでいる。

悪趣味な男だ。

「ちゃんと言葉でねだったら、挿れてやる」

「……ぁ」

「ほら、俺の準備は整ってるぞ」

あからさまな言葉に耳を塞ぎたくなるが、どんなに美しい言葉で飾っても、やることは同
じなのだ。自分の気持ちも、やることも、変わらない。

「もう……挿れて、くださ……」

後ろを執拗《しつよう》に指で嬲《なぶ》られて、このまま焦らされ続けたら気が狂ってしまいそうだと、坂下
は恥を忍んでそう言った。だが、斑目はそう簡単には許さない。

「もう一回だ」

「挿れて、……くださ……。……斑目さ……、……欲しい」

媚《こ》びるような台詞だと自覚しながらも、何度もそうねだった。すると今まで散々焦らして
いた斑目は、今度は性急に行為を進める。

「あ、あ、あっ」

容赦なく指を挿入され、無理やり拡げられた。二本、三本と増やされ、躰がついてこない

うちに屹立をあてがわれ、引き裂かれる。

「――ぁあ……っ」

小刻みに呼吸をしながら、斑目を感じた。自分など簡単に組み敷いてしまう男の背中は広くて、抱きついていると自分がこうされるのが自然だとさえ思えてきた。

もう、すぐにでもイッてしまいそうだ。

「……っく、――んぁ……っ」

耐えきれず、坂下は背中に爪《つめ》を立て、まだ余裕を見せる斑目の前で白濁を放った。びくびくと躰が痙攣《けいれん》して、生理的な涙が滲む。

自分の中に深々と突き刺さっている斑目の太さに、躰が悦んでいるのがわかる。

「先生……」

意外だと言わんばかりの斑目の声を聞かされ、恥ずかしさはピークに達した。口でイかされ、斑目がイかないうちに再び絶頂を迎えた。

自分ばかりがよがっているのが情けないが、斑目は困ったような顔で苦笑する。

「もうイきやがって……可愛すぎて、どうにかなりそうだ」

「……っ、すみ……ま、せん」

「どうして謝るんだ？　俺を……、こんなに夢中に……させやがって」

夢中なのは自分なのにと思いながら斑目を見ていると、再び恥ずかしい言葉を注がれる。

「どうだ？　俺のは？　おっきいだろ？」

「……っ」

「ほら。おっきい、って言ってみろよ」

含み笑い。

なんて意地悪な男なんだと思うが、さらに催促される。

「先生、ほら」

「……ぁ」

「な、先生」

「……きい、……です。……っ、……おっきい」

どうしてこんな恥ずかしい台詞を言えるのだろうかと、自分でも不思議だった。

おっきい。

恥ずかしいと感じながらも、この浅ましさに狂わされる一面があるのを自覚し、ますます深みに嵌《は》まっていく。そして自分を押し拡げているそれが、ずく、とひときわ大きく脈打った。

「……んぁっ」

「先生が感じると、あそこが締まるぞ」

斑目はそう言って、坂下の下唇を親指の腹で押しつぶすようにし、そこをなぞった。

熱い眼差しが自分の唇に注がれているのがわかると、なんだかいやらしい気分になり、促されるまま斑目の親指を舐める。自分が舐めてもらったのと同じように、愛撫するように舌を絡ませ、軽く噛んだ。

自分から舌を絡めているというのに、そこに触れる斑目の親指に愛撫されているような気がしてますます感じてしまう。

「先生、そんなサービスしてくれるのか?」

興奮を抑え込むような声で言われ、背中にぞくりとした甘い戦慄《せんりつ》を感じた。

腰の動きを止められ、後ろに咥えさせられたままの焦らされた状態が、坂下をより大胆にしていた。

誘うように舌を絡ませ、時折指を軽く噛み、斑目の熱い視線を感じながらますます高ぶっていく。「早く動いて」とねだるように、繋がったそこがひくひくと疼くと、斑目もそれに応えるようにズクリと脈打った。

そして、もうこれ以上焦らさないでくれと懇願しようとした瞬間、斑目はチラリと自分の唇を舐め、坂下の奥歯に親指を噛ませた。そして唇を重ね、乱暴に舌を差し入れて口内を蹂《じゅう》躙《りん》し始める。

「ぁ……、ん……っく、んぁ……、……ふ」

舌の根が痛くなるほどの、激しいキス。

噛みつくような口づけに翻弄《ほんろう》され、坂下は苦しさに喘がされながら、同時に後ろも攻められた。痛みすら快楽に繋がるほどの激しいセックスに、自分を見失いそうだった。

息ができない。

「ぁ……んっ、ん……、……ぅん、ん、んんっ」

坂下は、自ら足を拡げた。

「あぁ、あ、あっ、……はぁ……っ」

容赦なく攻め立てる斑目を必死で受け止め、獣じみた激しさに夢中になっていく。ようやく唇を解放されて目を開けるが、ひとたび悦楽の海に呑み込まれた坂下は、目許を高揚させたまま、ねだるような視線で自分を組み敷く男を見上げる。

そして切れ切れに息をしながら、譫言《うわごと》のように斑目の名を呼んだ。

「ま、……斑目、さ……っ」

「なんだ?」

「斑目さ……」

「……っ、まだ……め、さん……っ、……死に、そ……」

「先生……?」

「し……ぬ……っ。……死ぬ……」

助けて欲しいと訴えるが、そういった反応が男をさらに奮い立たせることを忘れてはいけない。再び逞しい腰つきで攻められ、ますます状況は悪化する。

出し入れされる男根をあそこで感じながら、坂下はさらに夢中になった。

「死ぬほど、イイのか……?」

そう聞かれると、素直に「イイ」と答える。

下半身が蕩けてしまったようになり、どこからが自分の躰なのか、どこまでが自分の躰なのかわからなくなった。このまま斑目と溶け合ってしまいたいとすら思い、自分を女にしてしまう男を恨めしく思いながらも、それ以上に強く求めていることを知る。

もう、斑目なしではいられない。

「俺も、気持ちいいぞ」

「まだ……、め……、さん……」

「先生の中は、天国だ。俺の愚息が、昇天したがってる」

「そこ……、……そこ……っ」

「ここか?」

「……そこ……っ、……イイ……、すご、い……」

「先生の中に、出すぞ。ちゃんと、受け止めろよ」

そう囁かれたかと思うと、左膝を肩に抱え上げられ、膝が胸につくほど小さく折り曲げられた。さらに激しく動かれると、何度も斑目の名を口にする。

（あ、……もう、だめ……。……ダメ）

坂下は我を失うほどの愉悦の中で、ただ斑目に縋るだけだった。

その翌日。診療所ではめずらしい光景が見られた。待合室はいつにも増して騒がしく、集まった連中は大声で話している。

「なんや〜、斑目。なんでお前が白衣なんか着とんねん」

「先生はどこにおるんや〜？」

「今、寝込んでるんだよ。で？　どこが悪いんだ？」

「どこが悪いって、先生の顔見に来ただけやから……。しかしお前、本当に医者やったんやなぁ。でも斑目には世話になりたないわ」

「斑目さん、医者に返り咲きするつもりっすか？」

斑目は、診察室で患者の相手をしていた。

白衣を羽織り、首には聴診器をかけ、訪れる患者を乱暴にさばいてるのだ。斑目が白衣を着ているという話はあっという間に広がり、野次馬《やじうま》がわんさかと群がっている。双葉までもが一緒になって騒いでいるのだから、始末に負えない。

耳を澄まさずとも、二階に寝ている坂下にもその声は届いていた。

「あー、お前らうるさいぞ！　用もないのに来るんなら適当に注射するぞ」

「わ～、こいつ本気でやりよるで！」

「殺されるわ！」

「わ～っ。逃げろ～」

斑目がわざと注射器を持って立ち上がると、男たちは大袈裟《おおげさ》にそう言いながらちりぢりになる。それを呆れた目で見送り、ふん、と鼻を鳴らした。

そして、時計を見てから二階へと上がっていく。

坂下は布団の中でその足音を聞きながら、斑目が部屋に入ってくるのを待っていた。

「なんだ、先生。起きてたのか」

「はい」

本当はもう少し寝たかったのだが、先ほどからずっと聞こえる騒がしい声にすっかり眠気は吹き飛んでしまったのだ。だが、起き上がることすらできず、こうして床に臥《ふ》せている。

「なんかすごい騒ぎでしたね。患者さんは？」

「もう全部さばいたよ。あとは野次馬だ」

そう言って斑目は布団の横で胡座《あぐら》をかき、タバコに火をつけた。『峰《みね》』がここまで似合う人間などそういないだろう。そんなどうでもいいことを考えながら見ていると「なんだ？」

という顔をされる。

「あ、いえ。なんでも……」

「腹減ったのか？　飯喰う元気はあるか？」

「……ないです」

坂下は、少し恨めしげにそう言った。すると斑目は、バツの悪そうな顔をした。坂下がこうして臥せているのは、紛れもなくこの性欲魔人のせいなのだ。

だが、その責任の一端は坂下にもあると言いたげに、憎まれ口を叩く。

「先生にあんな可愛い声でねだられたら、誰だって我を忘れる」

「……っ。……そ、それは……言わないでくださいよ」

「大体なぁ、体力がないんだよ。あれくらいで寝込む奴があるか」

「斑目さんみたいな、獣と……一緒に、しないでください」

声は掠れ、足腰は立たず、坂下はぼろぼろの状態だった。微熱も収まらず、実は朝に点滴を打ってもらった。

セックス疲れで点滴を打つ人間がどこにいるだろうと、我ながら呆れる。

それでも、心配そうに躰の具合を聞き、腕に針を刺して点滴が落ちていく速度を調整してくれる斑目の優しさに、心は満たされていた。この無骨な優しさが、好きだ。ずっと前からだ。そしてもう一つ言うなら、白衣を身につけた斑目は格好いいのだ。

今迫られたら、拒める自信はない。

(な、何をサカッてるんだ……)

ハッと我に返り、自分にそうツッコミを入れて今思ったことは忘れようと、それを頭の中から追いやる。そして、タバコを吸う斑目に視線をやった。

「……似合うじゃないですか、白衣」

思わずそんな言葉をかけると、肩を竦めてそっぽを向かれた。

「今日は特別だからな」

「ケチ」

そう言うが、斑目は知らん顔だ。無精髭の目立つ男の顔をじっと眺め、そして坂下はふと目を細める。

がさつで口を開けば下ネタの連続で、ひとたびセックスを始めると底なしの体力で、大の男一人を床に臥せさせる。だが、その奥底には暖かさがある心優しい暴君。

(でも、また何かあったら、助けてくれるんでしょう?)

坂下は斑目の顔をじっと見ながらそう思い、再びまどろみの中に身を委《ゆだ》ねた。

あとがき

こんにちは。もしくは初めまして。中原一也です。『愛してないと云ってくれ』を手に取っていただき、ありがとうございました。

今回は、男の色香を放つエロオヤジと青年医師の話です。

この話は「屈強なオヤジ連中を蹴散らす青年医師が書きたい！」というところから始まりまして、冒頭のシーンは最初から決まってました。ええ、あれがやりたかったんですよ。決して腕っ節が強いわけではない坂下先生ですが、あの危険な街で自分の理想を貫いていこうとするところは、私が好きな受のタイプそのものです。

作中で斑目も言ってますが、いわゆる『掃きだめに降りた軍鶏』ですね。

オオカミの檻の中に放り込まれたうさざちゃんっていうシチュエーションも大好きで、でも強気な受も好きで、そんな私の好みが合わさってこんな話になりました。そしてうす汚れた白衣っていうのも、私の萌えツボを刺激してくれるアイテムです。あと、もちろん不精髭の不良エロオヤジも大好物（笑）。

なんだか自分の趣味てんこ盛りになってしまいました。書いてる最中も楽しくて楽しくて、本当に思い出深い一冊になったと思います。

みなさんの萌えツボにもヒットしているといいのですが……。

今回、医療関係者の方にアドバイスをいただいたのですが、協力してくださったN2G様、お忙しいところありがとうございました。この場を借りてお礼を申し上げます。

そして挿し絵を描いてくださった奈良千春先生。素敵なイラストをありがとうございました。不良オヤジと青年医師、すごくイメージ通りでした。そして担当様。退職されたYさんを始め、新しい担当様にも丁寧なご指導をいただきました。この作品が一冊の本になったのは、私を取り囲むたくさんの方々の力があったからこそです。

そして一番忘れてはならないのが読者様です。読んでくださる方がいるからこそ、私はこの仕事を続けていけます。皆様を楽しませることがお礼だと思ってこれからも頑張りますので、気に入っていただけたらまたぜひ手に取ってくださいませ。

中原　一也

◆初出一覧◆
愛してないと云ってくれ（シャレード2005年9月号）
根無し草狂詩曲（書き下ろし）

中原一也先生、奈良千春先生へのお便り、
本作品に関するご意見、ご感想などは
〒101-8405
東京都千代田区三崎町2-18-11
二見書房　シャレード文庫
「愛してないと云ってくれ」係まで。

CHARADE BUNKO

愛《あい》してないと云《い》ってくれ

【著者】中原一也《なかはらかずや》

【発行所】株式会社二見書房
東京都千代田区三崎町2-18-11
電話　03(3515)2311［営業］
　　　03(3515)2314［編集］
振替　00170-4-2639
【印刷】株式会社堀内印刷所
【製本】ナショナル製本協同組合

落丁・乱丁本はお取り替えいたします。
定価は、カバーに表示してあります。

ISBN978-4-576-06051-4

http://charade.futami.co.jp/

CHARADE BUNKO

スタイリッシュ&スウィートな男たちの恋満載

中原一也の本

「愛してないと云ってくれ」続刊！

愛しているにもほどがある

イラスト＝奈良千春

医師の坂下は、伝説の外科医で今はその日暮らしの変わり者・斑目となぜか深い関係に。そこへある男が現れ…

坂下を巡る斑目兄弟対決！

愛されすぎだというけれど

イラスト＝奈良千春

診療所を営む坂下を、日々口説きに来る斑目。しかし斑目の腹違いの弟の魔の手が――。

俺がずっと側にいてやるよ

愛だというには切なくて

イラスト＝奈良千春

坂下の診療所にやってきた男は、坂下と斑目のよき友・双葉に二度と思い出したくない過去を呼び込んで…。